새로운 별

새로운 별

아야세 마루
장편소설

박우주 옮김

차례

새로운 별

약 3년 전 어느 오후의 일을, 모리사키 아오코는 마치 자신이 새로 태어난 듯한, 생생하고도 잊을 수 없는 감각으로 기억하고 있었다.

아오코는 본가 거실 바닥에 모로 엎드려, 퀼트 러그와 마룻바닥의 경계선에 두 손을 내던져놓고 있었다. 그 언저리에는 마침 유리문으로 들이비친 초여름의 햇살이 홀쭉한 평행사변형을 그리고 있었다. 점심 식사 후 디저트를 먹다 졸음이 몰려와 TV를 끄고 가로누운 것이었다. 탁자 위엔 여전히 두 입 정도 남은 카스텔라 쪽접시와 집에서 끓인 보리차 컵이 놓인 채였다. 거실에 견고한 캔버스

커버를 씌운 소파도 있었으나, 아오코는 어릴 적부터 햇볕이 잘 드는 위치를 노려 바닥에 드러눕길 좋아했다.

집은 무척이나 고요했다. 엄마 아빠 모두 외출 중이었을 터다. 햇살에 떠오르는, 별을 닮은 먼지 알갱이를 바라보며, 아오코는 불과 몇 개월 사이 자신의 몸에 닥쳐온 일들을 막연히 돌이켜보았다. 아니, 돌이켜본다기보다 그 일들은 몸속 깊은 곳에 내리꽂힌 고드름처럼 질금질금 통증을 짜내며 의식 한가운데 줄곧 눌러앉아 있었다. 아무리 고통스러워도 다시는 몸 밖으로 내보낼 수 없는 슬픔의 덩어리. 아오코는 갓 태어난 아이를 잃은 직후였다. 그리고 문제의 연속이던 임신 기간을 통해 자신의 몸이—알레르기도 지병도 없는, 도리어 남들보다 건강한 수준이라 믿어온 몸이—태아가 자라기 어려운 체질임을 알았다. 그것이 결정적인 이유가 되어 남편 호다카와 이혼했다.

바람직한 연애를 했다고 생각했고, 바람직한 결혼을 했다고 생각했다. 바람직한 출산, 바람직한 육아로 길은 올곧게 이어져 가리라 무의식적으로 믿고 있었다. 전망을 잃고 잠시 본가에 몸을 붙인 아오코는, 구정물을 빨아들인 솜이라도 된 기분이었다. 검게 흐려진 몸과 마음 어느 곳에도 힘이 들어가지 않았고, 아차 하는 순간 눈물이 쏟아져 베개로 입을 틀어막고 절규했다. 소독한 손을 인큐베이터의 작은 창으로 밀어 넣어 살며시 어루만지던 신생아의 몸. 꼬집으면 갈기갈기 찢어질 것만 같은 연약한 피부, 올록볼록한 늑골, 어렴풋이 벌어진 물기 어린 눈. 그토록 아름다운 것을 떠올리는 것만으로도 온몸에서 애처로움과 슬픔이 선혈처럼 뿜어져 나와 멈출 줄을 몰랐다.

무언갈 떠올리면 눈물이 되었다. 절규가 되어 솟구쳤다. 본가로 돌아와 한 달이 지나고, 두 달이 지나고, 하나의 계절이 지날 무렵, 온갖 감정을 쏟아내 온 아오코는 자신이 빈껍데기가 된 듯한 허탈감에 사로잡혔다. 내보낼 수 있는 것들을 모조리 내보내고 나자 아무런 감정 없이, 아무런 생각 없이 거실에 나뒹굴고 있는 시간이 늘었다.

소리 없는 집에서 홀로, 유리제 탁상시계 시계판 주위에 새겨진 백합꽃이며 마룻바닥이 긁히지 않도록 의자 다리에 씌운 펠트 커버를 바라보다, 어딘지 모르게 낯선 행성에 널브러져 있는 듯한, 수상쩍고도 초조한 기분이 들었다. 불시착한 모래땅에서 고개를 들어 슬그머니 주위를 둘러보곤, 남편과 아이를 바라지 않는 삶을 생각했다. 바닥에 손을 짚고 머리를 숙인 남편의 정갈한 목덜미와, 젖을 빠는 아기의 입놀림이 뇌리를 스쳤다. 눈꼬리에서 눈물이 방울방울 떨어졌다—하지만 이 눈물은 그저 조건 반사일 뿐이다. 잃어버렸다, 커다란 것을 도려냈다, 그렇게 생각해왔는데 결국 나는 무엇을 잃은 것일까.

양달에 들이민 두 손이 따뜻했다. 졸음을 이기지 못해 눈을 감으니, 손은 저절로 익숙한 형태를 쫓았다. 손바닥 안에 쏙 들어갈 만큼 작은 머리통, 납작한 등허리와 기저귀의 빳빳함, 피부로 스며드는 애틋한 체온. 그 아이에게—나기사에게 닿은 시간은 정신을 잃을 만큼 괴로웠고, 그럼에도 근사했다. 하나의 생명이 눈앞에서 열을 내뿜고 있었다. 잊지 않았고, 분명 눈감는 순간까지 잊지 못하리라.

그렇다면 나는, 잃은 게 아니라 얻은 것 아닐까.

"아오코, 대체 뭐 하고 있는 거니?"

의아스러운 목소리와 함께 누군가 아오코를 흔들어 깨웠다. 눈을 뜨자 미간을 찌푸린 엄마 이토코의 얼굴이 있었다. 아오코는 부모님이 임신을 단념하려던 30대 후반에 우연처럼 얻은 아이로, 애지중지 자라왔다. 이토코가 곧잘 만화영화 주제가를 연주해주던 손때 묻은 업라이트 피아노. 일찍이 수많은 그림책을 수납하다 지금은 아빠 겐타로의 레코드판 수납장이 된 키 작은 책장. 어린 아오코가 분필로 종종 가족의 그림을 그렸던, 벽에 세워 사용하는 조그만 칠판. 이 집에는 행복한 기억을 되살리는 물건들이 곳곳마다 놓여 있었다.

이토코를 본 아오코는 문득 마음이 녹아내렸고, 학교에서 무슨 좋은 일이 생긴 날의 하굣길처럼 그녀에게 서둘러 보고하고 싶어졌다. 지금, 무척이나 중요한 사실을 알아낸 것 같다고. 난데없이 떨구어진 새로운 별에서, 손안에 움켜쥐고 있을 만한 무언갈 찾아낸 것 같다고.

"엄마…… 나기사가 곁에 있어. 날 위로해주고 있어. 그러니 이제부터 난, 혼자서도 잘해나갈 수 있을 거야."

더는 걱정하지 말라는 말을 전하고 싶었다. 어쩌면 마음 한구석에 이제야 알았구나, 라며 칭찬해주지 않을까 하는 기대마저 있었는지 모른다. 그러나 양달을 휘젓는 딸의 손으로 눈길을 돌린 이토코의 얼굴은 삽시간에 창백해져 갔다.

"혼자서라니…… 무슨, 무슨 그런 말도 안 되는 소릴 하는 거야. 혼자서는 무슨……. 나이 들어 후회해봐야 소용없어. 아오코, 힘든 건 잘 알지만 현실을 바라봐야지. 마음을 고쳐먹고 새 인생을 살아야 하지 않겠니. 아이를 원치 않는 남자는 찾아보면 분명 있을 거란다. 혼자서는 안 돼. 왜냐하면 나기짱은, 나기짱은……."

이제 없잖니, 하고 신음하는 이토코의 내부에서 슬픔이 순식간에 부풀어, 그 외의 감정과 사고를 빈틈없이 칠해 가는 모습이 눈에 보이는 듯했다. 아아 엄마, 가득 채워져선 안 돼. 아오코는 가슴이 메었다. 이토코에겐 더 이상 메시지가 가닿지 않을 것이다. 아오코가 찾아낸 그 어떤 진실도 유치한 망상으로 치부되며 외면당할 것이다.

새로운 별에서, 아오코는 역시나 혼자였다. 추락한 모래땅에서 어찌할 바를 모른 채, 흐느껴 우는 엄마를 바라보고 있었다.

수요일과 토요일을 제외한 주 5일, 아오코는 담당 수업이 시작되기 15분 전에 교실로 들어가 스마트폰을 프로젝터에 연결한 뒤 팝송 뮤직비디오 하나를 반복 재생한다. 맨 앞줄의 기다란 책상에는 그날 고른 곡의 가사 원문과 해석을 나란히 인쇄한 프린트를 놓아둔다. 서른 명쯤 되는 학생들은 교실에 들어오면 프린트를 집어 들고 적당한 자리에 앉아, 휴식을 취하며 뮤직비디오와 손에 든 가사지를 번갈아 쳐다본다. 되도록 광고에 쓰인 곡이나 여름 페스티벌 등으로 일본을 찾는 인기 아티스트의 곡을 선택하고 있다. 영어를 단순히 시험 성적을 위한 것으로

만 보지 않고, 낯선 문화를 이해하는 도구로서 조금이나마 즐거운 마음으로 구사하길 바란다—는 것이 의욕 넘치는 강사로서의 의견이고, 실제론 연일 이어지는 입시 공부와 동아리 활동에 지칠 대로 지친 고등학생들의 졸음을 어떻게든 쫓아내고 싶다는 게 본심이었다. 특히 금요일 오후 여덟 시부터 시작되는 수업은 일주일의 피로가 터져 나오는 마의 시간대답게, 시작한 지 10분도 안 되어 말뚝잠을 자는 학생들이 속출한다. 일단은 멜로디컬한 곡이나 위트 있는 가사의 곡으로 물꼬를 튼 뒤 수업을 시작하고 싶었다.

수업 시작종이 울렸고, 재생 중인 뮤직비디오를 멈추었다.

"자, 그럼 시작합니다. 가사의 밑줄 친 부분을 봐주세요. 맞아요, 'sorrow'. 주로 슬픔, 비탄 등으로 해석되는 단어예요. 여기서는 자신에게 상처를 준 연인에 대한 분노와 이별을 노래하고 있는데요, 이 'my sorrow'는 그 앞의 두 줄도 같이 고려해서 해석하는 게 좋아요. 다른 사람과 바람을 피우는 연인에게 멋대로 하라며 체념하고 있죠? 하지만 그래서는 원하는 걸 얻을 수 없단 진실을 당신도 결국 깨달을 테지. 그때 내 슬픔은 황금 보물이 된다, 라고

도발하고 있는 겁니다. 간간이 나오는 단어니까, 이 가수의 패기 있는 노랫소리와 함께 외워두세요. 그럼, 교재 72페이지의 연습 문제를 읽어봅시다—."

수업이 끝나고 화이트보드의 판서를 지우고 있는데, 학생용 가방에 무지갯빛 뿔을 가진 유니콘 인형을 매단 여학생이 말을 걸어왔다.

"저, 올해 여름방학 특강 하시나요?"

"응? 하지 그럼. 왜?"

"학원 홈페이지 여름방학 특강에 모리사키 선생님 사진이 사라졌길래요. 혹시 중단됐나 해서."

"아마 무슨 오류가 생겼나 보다. 알려줘서 고마워."

"다음 주는 테일러 스위프트의 신곡으로 해주세요."

"고려해볼게."

학생들을 배웅한 뒤 아오코는 교실 문을 걸어 잠그고 교무실로 향했다. 스마트폰으로 홈페이지를 확인해보니, 분명 며칠 전까지만 해도 영어 과목 전임 강사로 표시돼 있던 자신의 사진이 사라지고 이름과 경력만 적힌 소개로 바뀌어 있었다. 시스템 담당 직원에게 물어 어떻게 된 일인지 확인했다. 그러자 난감한 얼굴로 원장실을 가리켰다. 불온한 예감에 위가 묵직해졌다.

학원장 마키하라는 50대 중반으로, 태도는 공손하나 어딘가 종잡을 수 없는 인물이다. 작은 몸집에 등이 굽었고, 양을 연상케 하는 온유한 생김새를 지녔으며, 검은 뿔테 안경의 인상이 강하다.

"학부모한테서 클레임이 들어왔어요. 그 학원의 모리사키란 강사가 수업 때 종교를 강요한다고요."

"그게 대체 무슨 얘기인가요?"

"수업 때 찬송가를 틀고 가사지를 나눠줬다면서요?"

"찬송가는 틀지 않아요. 지난주 수업 때 후렴에 '할렐루야'란 가사가 들어간 곡을 사용하긴 했지만, 그건 영화나 드라마에도 자주 쓰이는 유명한 팝송이에요. 교양으로서, 또 'break'란 단어를 설명하기에 적절한 교재로서 소개한 거고요."

"아무렴 그렇고 말고요. 모리사키 선생님도 다 생각이 있으셨겠죠. 그런데 학부모 중에는 오해하는 사람도 있어요. 게다가 인터넷에 선생님 이름을 검색하면, 특정 종교 시설에서 아이들을 지도하는 사진이 나온다나 봐요. 물론 종교의 자유가 있으니 선생님께서 뭘 믿느냐는 자유입니다. 다만, 우리 학원이 꼭 특정 종교를 권장하는 듯한 인상이 퍼지는 건 좀."

"지도라면…… 아이 돌보미 아르바이트 말인가요? 동요와 함께 손동작을 가르쳐줬을 뿐이에요. 문제시되고 있는 게 뭔지 잘 모르겠는데요……."

본가를 나와 새 거주지로 막 이사했을 무렵, 별생각 없이 스테인드글라스가 아름다운 근처 성당에 들렀다가 입구에서 전구를 갈고 있던 여자 직원과 친해지게 되었다. 한창 영문판 성경을 공부 중이라던 그녀와 함께 이해하기 어려운 부분을 살펴보거나, 몇 번 부탁을 받아 성당에 다니는 아이들을 돌봐주는 등 한동안 교류를 이어갔다.

인터넷상의 사진이란 그때 그 아이들을 돌보는 장면을 말하는 것이리라. 부모들이 엄숙한 공부 모임에 참여하는 약 한 시간 동안이었는데, 일본에서도 잘 알려진 마더 구스 동요를 손동작과 함께 영어로 가르쳐주었더니 분위기가 상당히 무르익었다. 영어 조기 교육이 된다며 부모들도 좋아했고, 성당은 아오코를 정식 강사로 삼아 사례를 해주었다. 학원 일이 바빠지면서 발길이 뜸해졌지만, 이웃들과 좋은 관계를 맺었다는 상쾌한 인상이 남아 있다. 아오코 다음으로는 영어에 능통한 대학생이 아이 돌보미 아르바이트를 이어받고 있다고 들었다.

얇은 안경 유리로 가로막힌 마키하라의 검은 눈동자는

납작스름해서, 그 깊이감이 잘 느껴지지 않는다. 아오코는 머뭇거리며 입을 뗴었다.

"요약하자면, 수업 전에 음악을 틀지 말라는 말씀이시죠?"

"그렇게 말하진 않았습니다. 실제로 학생들은 좋아하는 것 같고, 일부러 다른 반에서도 가사 프린트를 받으러 가는 학생이 있을 정도라고 들었어요. 선생님의 노력에 관심을 가지는 학부모도 많고요. 다만, 엉뚱한 오해를 낳지 않길 바랄 뿐입니다."

"엉뚱한 오해."

"그래요. 모리사키 선생님의 인터넷상 이미지와 우리 학원 강사로서의 이미지가 쉽게 겹쳐지다 보니 일이 골치 아파진단 뜻입니다. 그래서 학원 쪽 사진은 일시적으로 내려뒀습니다. 가능하면 종교 시설 홈페이지에 게재된 사진을 내려달라고 요청해주세요. 그러면 학원 쪽 사진을 올릴 수 있습니다."

"잠시만요. 찬송가는 틀지 않았고, 선교를 한 게 아니고, 게다가 수업 때 사용한 곡이 일반적인 팝송이라는 건 곡명과 아티스트명을 조금만 검색해봐도 알 수 있는 사실이에요. 제 사생활을 멋대로 캐낸 것만도 모자라 그런 경솔한 오해를 하는 사람 때문에 제 행동을 바꿔야 한단 말씀이신가요?"

애당초 트집을 잡힌 시점에서 당사자의 의견을 들어보고, "그건 사실이 아닙니다"라고 부정하는 것이 조직 관리자의 역할 아닌가. 마키하라는 본인도 굉장히 난처하다는 양 어깨를 으쓱했다.

"뭐, 요즘 시대가 이렇다 보니 나쁜 소문은 쉽게 번지기 마련입니다. 그 부분을 모리사키 선생님도 좀 더 생각해 주셔야죠."

아연실색했다. 마키하라는 아오코와 그 학부모 중 어느 쪽의 주장이 정당한지 따위엔 털끝만치도 관심이 없는 것이다. 트집 잡힌 일 자체를 잘못으로 돌리고, '남의 눈에 띌 만한 행동은 하지 말라'며 아무런 신념도 없이 피고용자에게 압박을 가하고 있다.

"무슨 말씀이신지 알았습니다. 가보겠습니다."

그렇게만 말하고 원장실을 나왔다. 문을 닫고, 깊디깊은 숨을 토해냈다.

나기사는 발육이 더딘 태아였다.

맥박이 뛰는 것도, 체중이 느는 것도, 손발이 자라는 것도 더딘 편. 그럼에도 조금씩 조금씩 크고는 있었다. 걱정이 눈처럼 내리쌓이는 암울한 나날을 견디며, 아오코와 호다카는 태어날 아이와 관련된 모든 가능성을 고려하고 또 의논하며 마음의 준비를 했다. 임신 4개월 차엔 정상으로 간주되는 발육의 범위를 벗어나, 아오코는 가까운 산부인과에서 보다 나은 체제를 갖춘 소아 전문 종합병원으로 병원을 옮겼다.

정밀 검사를 받아도 발육 부전의 원인은 알아낼 수 없었다. 아오코는 임신한 사실을 알고부터 술은 입에 한 방울도 대지 않았고, 담배 역시 피우지 않았다. 혈압이 자꾸 올라 임신성 고혈압의 전조가 보였으므로 하루 세끼를 거의 아무 맛도 나지 않는, 어이없을 만큼 맛없는 저염식으로 챙겨 먹으며 지냈다. 부정 출혈이 보여 몇 번인가 입원도 했다. 유급 휴가는 눈 깜짝할 새에 사라졌고, 휴직 제도가 없는 작은 영어 교재 제작사는 더 이상 아오코를 데리고 있을 수 없게 되었다. 임신 8개월 차, 아오코의 혈액 검사 결과가 급격히 악화되었다. 이 이상 임신을 지속하면 모체가 위험하다고 판단돼, 제왕 절개 수술로 태아를 꺼내게 되었다.

세상 밖으로 나온 나기사는 두 손바닥 안에 쏙 들어가

리만치 작았다. 코와 입에는 인공호흡기가 씌워져 있었고, 그 외에도 온몸이 수많은 관에 연결되어 있었다.

"어쨌거나 둘 다 무사해서 다행이야. 난 최악의 경우도 상상했거든."

아오코와 나기사 모두 수술실에서 살아 돌아오지 못할, 그럴 가능성도 있었다. 그러게, 하고 수긍하며 휠체어에 탄 아오코는 막 꿰맨 배를 감싸 쥔 채 인큐베이터 안을 들여다보았다.

"어쩜 이렇게 사랑스러울 수가."

호다카가 못 견디겠다는 듯 말했다. 아오코는 몹시도 혼란스러웠다. 수술실 안에서, 마취 때문에 몽롱한 상태로 아기 울음소리를 들었다. 그 순간 가슴에 내려앉은 건 기쁨이나 안도감이 아닌 새카만 죄책감이었다. 낳고 말았다. 아직 완전치 않은 몸을 낳고야 말았다!

"그러게, 사랑스러워."

나기사는 눈을 감고 있었다. 충격으로 마음이 마비되어 정말로 사랑스러운지, 사랑스럽지 않은지도 알 수 없었다. 간호사가 부추기기에 발가벗은 등허리를 살며시 어루만졌다. 붉은 기를 띤 신생아의 몸은 이 세상에서 만져본 그 무엇보다도 뜨겁고, 약간의 힘만으로도 바스러질 것처럼 보드라웠다. 경외감이 드는 나머지 손끝이 아팠다. 불에 데기라도 한 듯.

버스 안에서 흔들리는 사이 비가 내리기 시작했다. 차창을 가득 메운 물방울이 비스듬한 가닥을 그리며 뒤편으로 흘러갔다. 아오코는 수업 중 스마트폰에 와 있던 이토코의 메시지 알림을 터치해, 가능한 한 아무것도 느끼지 않도록 애쓰며 내용을 열어보았다. 무언갈 느끼기 시작하면 읽기가 싫어지고 만다. 그리고 그녀의 문자는 오늘도 약간의 '싫음'을 실어 왔다. 입원 중인 외할아버지가 소식을 궁금해하니 문병을 가라는 지시였다. 지난달 본가에 들렀을 때도 같은 말을 들었고, 이미 거절한 직후였다.

당분간 할아버지는 안 만나고 싶어, 라고 거실에서 커피를 마시며 말하자, 이토코는 컵을 입에 댄 채로 마치 고장 난 기계처럼 움직임을 멈추었다.

"왜…… 왜 그래, 아오코. 할아버지를 그렇게나 좋아했으면서."

"엄마도 들었잖아. 할아버지는 나기사가 인큐베이터에 있단 얘기 듣자마자, 너 담배 피웠구나? 라고 단정 지었어."

지적이고, 장난기 있고, 크리스마스 날 보러 갈 때마다 커다란 케이크를 사서 기다려주고, 추운 날엔 고타쓰(나무 탁자에 이불이나 담요를 덮은 난방 기구—옮긴이)를 끼고 앉아 장기를 가르쳐주던 할아버지에게 아오코는 친척 중 가장 큰 애정을 느끼고 있었다. 그런 만큼 무심한 한마디에 찔린 상처는 아직까지도 피가 멎지 않았다.

이토코는 두통을 참기라도 하는 양 관자놀이를 눌렀다.

"옛날 사람이잖니. 나쁜 뜻은 없어……."

"아니야. 할아버지는 그 나이 먹도록, 인생엔 스스로 어떻게 할 수 없는 일이 있단 걸 못 배운 거야."

"그런 소리 해봐야 무슨 소용이 있어. 정상이 아냐. 심성이 뒤틀려서 이상해지고 있어. 너 말야, 아오코."

"그러게. 같이 있으면 이상해지니까, 역시 난 여기 없는 편이 나아."

나기사를 제 몸 가까이 느낀 그 오후부터 이토코와의 대화는 줄곧 어긋나왔다. 이듬해, 아오코가 스물아홉 살이 되자 골은 더욱더 깊어졌다. 아이를 낳지 못하므로 그나마 20대일 때 상대를 찾아야 한다며 이토코는 아오코에게 결혼 활동을 강요했다. 혼자여도 괜찮다, 무리해서까지 상대를 찾고 싶진 않다고 아무리 설명해도 '나를 안심시켰으면 한다'는 말로 일관하며 들은 척도 하지 않았다. 아빠는 간혹 그녀를 말리면서도, 이 문제엔 관여하지 않기로 한 모양인지 입을 다물고만 있었다. 결국 아오코는 돌아온 지 2년도 채 지나지 않아 본가를 나왔다.

고개를 들자, 젖은 버스 차창에 빨강, 주황, 초록 불빛이 비쳐 있었다. 일찍이 아이들에게 손동작 노래를 가르쳤던 성당의 스테인드글라스였다. 야간 미사 혹은 장례식이라도 하는 것일까. 아직 사람들이 있는지 조명이 켜져 있었다.

저 스테인드글라스를, 성전 안쪽에서 올려다보던 나날이 있었다. 낮 동안은 미사 중에도 일반인의 출입이 자유로운 누구에게나 열린 성당이었다. 딱딱한 원목 장의자에 앉아 고요함 속에서 햇빛에 반짝이는 유리를 바라보고 있거나, 신부의 운율감 있는 기도에 귀를 기울이는 시간을 보내는 사이 아오코는 일렁이던 마음이 가지런해짐을 느꼈다. 그토록 좋아했는데, 엄마나 할아버지와 함께 있는 일이 괴로웠다. 예전의 아오코로 돌아오길 바라는 그들에게선 '보통'을 벗어나고 만 자신을 책망하고, 고치고파 하는 기색이 느껴졌다.

그리고 그건, 일의 실정보다도 '누구에게도 비난받지 않을 것'을 우선시하는 마키하라의 자세와도 겹치는 듯했다. 모두가 상상하는 '보통'으로부터 벗어나선 안 된다.

'보통'이 아닌 일이 일어나는 이유는 어떤 치욕스러운 이상異常이 있어서다. 결혼 적령기인 딸이 재혼을 바라지 않는 건 극심한 스트레스로 제정신이 아니기 때문. 아이가 죽은 건 엄마에게 문제가 있었기 때문. 아무리 애먼 클레임일지라도 트집 잡힌 쪽에도 잘못이 있다. 당신이 보통이 아니어서, 보통이 아닌 일이 벌어졌다—.

"가족들하고 사이좋게 지내고 싶었어."

성당에서 아침나절을 보낸 어느 날, 불쑥 흘러나온 유치한 속마음을 옆자리에서 주보 프린트를 준비하던 직원 쓰루시마만이 듣고 있었다. 그녀는 아오코를 흘끗 쳐다보곤 "알다마다요" 하며 숙연히 끄덕였다.

"하지만, 그걸 선택할 수 없을 때가 있다는 것도 알죠."

아오코와 동년배인 쓰루시마는 성당 직원이 되기 전엔 유치원 교사였다고 한다. 결혼식이나 장례식으로 성당이 바쁜 때를 제외하곤, 지금도 성당 부설 어린이집에서 아르바이트를 하고 있다. 곧 중학생이 되는 아들이 있으며, 남편과 사별한 후 성당에 다니기 시작했다고 한다. 다양한 사람들이 있기 마련이다. 사람들은 저마다, 사는 동안 뜻하지 않게 옮겨 간 미지의 장소에서 분투하고 있다.

본가를 뛰쳐나와 홀로 살기 시작한 자신이 성당 앞에서

발걸음을 멈춘 건 단순한 충동이 아니었다고, 그날을 돌이켜보며 아오코는 생각했다. 고요함이든 누군가와의 차분한 대화든, 무언가 바라는 게 있었던 것이다. 다양한 선택, 다양한 만남을 거듭하며 가까스로 회복해온 끝에 지금의 내가 존재한다. 그 점을 생각하면 신세를 졌던 성당에 당시의 사진을 삭제해달라는 가당찮은 의뢰를 하기는 꺼려졌다. 그렇다고 그 어처구니없는 실랑이를, 마키하라와 앞으로 내내 되풀이할 것을 생각해도 우울했다. 마음 같아서는 마키하라의 밑을 떠나고 싶었지만 저출생으로 인해 학원 강사, 특히나 정규직 강사의 구인은 격감하는 중이었다. 그렇게 간단히 그만둘 수도 없는 노릇이었다.

곧 종점입니다, 하고 버스 기사가 높낮이 없는 톤으로 안내 방송을 했다. 손에 든 스마트폰이 불빛을 내며 새 메시지를 알렸다. 내일 함께 드라이브를 가기로 한 가야노에게서 온 것이었다.

[아오코! 내일은 평소처럼 역 앞에서 여덟 시에 만날까?]

좋아, 라고 아오코는 곧바로 답장했다. 3초가량 고민하다, 조금 더 멀리 나가서 바다 보이는 온천도 갈래? 하고 덧붙였다.

[너무 좋지. 노천탕에서 느긋하게 쉬자.]

대학 합기도부에서 만나 10년 넘게 인연을 이어오고 있는 가야노는, 지금은 다섯 살배기 딸아이의 엄마다. 두 달에 한 번 정도 함께 교외 휴게소로 특산물을 사러 가거나, 가까운 관광지로 놀러 나가곤 한다.

대화는 이걸로 끝인가 싶었는데, 가야노에게서 또 하나 메시지가 도착했다.

[할 얘기가 많아.]

가야노가 이런 의미심장한 문장을 쓰기는 드문 일이었다. 무슨 일이 있으면 즉시 장문으로 털어놓는, 꾸밈없이 솔직한 사람이다.

[무슨 일 있어?]

부부 싸움이라도 한 것일까. 아니면 딸이 다니는 어린이집에 대한 고민? 겹치는 지인과 관련된 일? 모르겠다. 답장이 오기 전에 버스가 역 로터리로 미끄러져 들어갔다. 일제히 자리에서 일어선 승객들의 흐름을 타고, 아오코도 버스에서 내렸다.

비는 처음보다 잦아들었지만 여전히 흩뿌리듯 내리고 있었다. 펌프스 사이로 드러난 발등에 가느다란 빗방울이 튀어 불쾌했다. 캔버스백에서 접이식 우산을 꺼냈다. 오늘은 어쩐지 재수가 없다. 비에 젖어 번쩍번쩍 빛나는 아스팔트를 보고 있자니 문득 피로감이 느껴졌다. 단 음식이 당겼다.

요즘 유행하는 중국차 가게에 들러, 따뜻한 재스민 밀크티를 당도 높게 테이크아웃으로 주문했다. 아오코보다 먼저 주문해, 눈앞에서 초콜릿 타피오카 밀크티를 받아 든 초등학생 여자아이와 눈이 마주쳤다. 여자아이의 눈이 살짝 커졌다. 바깥놀이를 자주 하는 모양인지 햇볕에 살이 그을어 활발해 보이는, 낯이 익은 아이였다.

"마더 구스 선생님이다."

"아아…… 안녕."

"안녕히 계세요."

아이는 거짓 웃음을 짓지 않는다. 투명한 무표정으로 손을 휙 흔들더니, 소녀는 가게 밖에서 기다리던 엄마의 손을 잡고 사라져갔다.

아담한 원룸으로 돌아온 건 밤 열한 시였다. 축축한 옷을 벗고 뜨거운 물로 샤워한 뒤, 실내복으로 갈아입고 숨을 돌렸다.

"나기사, 엄마 왔어."

아오코는 냉장고에서 어린이용 사과 주스를 꺼내, 개지

않은 이불 옆에 설치된 작은 불단 위에 올렸다. 검게 옻칠한 위패를 엄지손가락으로 간질이듯 매만졌다.

"오늘은 비가 왔어. 조금 피곤하다. 벌써 6월인데 좀체 따뜻해지질 않네."

인스턴트 토마토소스에 해동한 밥을 넣고 끓이다 피자 치즈를 뿌려 마무리한, 간단한 리소토를 만들어 늦은 저녁을 먹었다. 유리잔 가득 따른 레드와인도 곁들였다.

스마트폰이 빛났다.

[내일 차근차근 얘기할게.]

답장 텀이 제법 길다는 생각을 하면서, 가야노의 답장에 'OK' 하고 엄지손가락을 세운 고양이 이모티콘을 보냈다. 뒤이어 '잘 자' 하며 이불 속에 들어간 토끼 이모티콘도 보냈다. 가야노에게서도 곧바로 비슷한 이모티콘이 돌아왔다.

묵직한 와인을 한 모금 마셨다.

가야노와, 식사 자리를 가졌다. 나기사의 장례식이 있은 다음이었다. 나기사 일도 이혼도 무겁기 그지없는 주제였기에, 가장 친한 가야노에게도 말할 수 있게 되기까지 몇 주일이 걸렸다. 아이를 떠나보냈다, 가족끼리 이미 장례는 치렀다. 이런저런 사정으로 환경이 격변했다. 그렇게 연락한 다음 날 밤, 가야노는 검정 원피스를 입고 아오코의 본가를 찾아왔다. 아오코와 아오코의 부모님에게 정중히 애도를 표하곤, 본가 불단에 놓여 있던 나기사의 위패에 두 손을 모았다. 그 후 아오코를 근처 레스토랑으로 데려갔다.

술이 들어가는 편이 이야기하기 쉬울 것 같아 둘이서 레드와인을 마셨다. 그때도.

"그러고 보면 아오코, 술 좋아하잖아. 임신 중일 때 금주하는 거 안 힘들었어? 난 진짜 너무 힘들더라고. 음식 화려하게 차려놓고 저녁 반주하는 셀럽들 인스타그램 같은 거, 도저히 못 보겠길래 몽땅 다 언팔로우 했던 기억이 나."

가야노는 대답하기 쉬운 주제를 골라 말문을 터주었다. 그래서 아오코도 큰 경계심 없이 대답할 수 있었다.

"금주도 힘들었지만, 제일 고생한 건 저염식이었어. 꼬박 석 달 정도를 거의 아무 맛도 안 나는 음식만 먹고, 된장국도 내 것만 싱겁고……. 내내 신경질이 나 있었지. 잠도 잘 못 자고, 집에서 안정을 취하느라 편하게 외출하지도 못하고. 또 혈압계가 무서워져서, 잴 생각만 해도 수치가 10 정도 오르더라니까."

"잘 참았네, 장하다. 고생 많았어."

"근데, 허사였어. 조금 더 남들처럼 평범하고, 건강한 상태로……."

낳아줬더라면 좋았을 텐데, 라고 하려던 말이 목에 걸렸다. 와인 한 모금을 마시며 대체할 말을 찾고 있는데 가야노가 먼저 입을 열었다.

"아오코가 그렇게 애쓴 덕에 두 달을 함께할 수 있었던 거지. 나기짱은 틀림없이 행복했을 거야. 배 속에 있었을 때부터 쭉."

아오코는 놀랐다. 그렇게 말해줄 줄은 생각도 못 했다. 그리고, 같은 말을 할아버지가 해주었더라면 얼마나 좋았을까 싶어 울고 싶어졌다.

식사를 마친 뒤 이를 닦고, 내일을 대비해 조금 일찍 잠자리에 들었다. 가야노의 이야기가 어떤 것이든 신중히 귀 기울이며 그녀의 편이 되어줘야겠다. 그리고 그건, 결코 쉬운 일이 아니다. 이토록 대화가 안 통하게 된 이토코 역시 딸을 진심으로 걱정해주고 있다. 그래서 더욱 괴롭다.

불을 껐다. 몸 위로 얇은 담요를 덮었다.

"나기사."

눈을 감고 부르자, 마음에 달콤한 것이 피어올랐다. 손바닥에 따스한 피부의 감촉이 되살아났다. 빵 반죽 같은 볼의 몰랑함도, 자그마한 손톱의 거칫거림도.

"사랑해."

나기사가 있다고, 아오코는 확신하고 있었다. 내 안에 영원히 존재한다. 사랑을 주며 살아갈 수 있으리만치 분명한 형태로.

그리고, 호다카가 가엾다는 생각을 했다. 일이 바쁜 그는 병원 면회 시간을 맞추지 못해 나기사를 일주일에 이틀밖에 보지 못했다. 손에 체온이 스며들기도 전에 이별의 시간이 오고야 말았다.

나기사는 인큐베이터에서 순조로이 커갔다. 인공호흡기를 뗐고, 몸에 연결된 튜브가 줄었다. 체중이 늘어 살집이 좋아졌고, 머리숱이 많아졌다. 피부의 붉은 기가 사라지고 검은 눈이 반짝 뜨여 갓난아기다운 귀여움이 생겼다. 수유 연습도 시작되었고, 퇴원할 전망이 보였다.

사인은 불명으로, 잠든 사이 호흡이 멈추었다. 새벽에 호출을 받은 아오코와 호다카는 택시를 타고 병원으로 달려가 아직 따뜻한 나기사를 품에 안았다. 나기사는 눈을 감고 있었다. 여전히 잠들어 있는 것만 같았다.

장례를 치른 후, 호다카는 우울감에 빠졌다. 춥고 허전해 어쩔 줄을 모르겠다며, 작게 웅크린 채 어깨에 담요를 두르고 지냈다. 오랜 시간 이야기를 나누었다. 출산 전 나기사가 잘 자라지 못한 이유는 끝내 알 수 없었다. 이런 경우는 보통 이유를 알아내기가 어려운 모양이었다. 나기사에게 눈에 띄는 인자는 발견되지 않았고, 태반이나 탯줄에도 이상이 없었다. 그렇다면 모체에 어떤 체질적 인자가 있을 가능성이 남는다. 물론 아예 다른 원인이어서, 다음 임신 때는 문제없이 발육할 수도 있다. 다만 임신 계획이 있다면 설비를 갖춘 종합병원에 다니도록 의사는 신신당부했다. 자신이 고위험 임산부인 사실은 틀림없었다.

"나는 이제 그만할래."

오랜 고민 끝에 결정을 내린 뒤, 그렇게 전했다. 행여나 또다시 그 새카만 죄책감에 시달리는 사태가 벌어진다면 견뎌낼 수 없을 것 같았다. 그러자 담요를 뒤집어쓴 호다카의 몸이 한결 더 작아졌다.

"난…… 도저히 포기 못 해."

미안해, 하며 신음하는 남편의 뺨이 순식간에 젖어 들었고, 온몸이 가늘게 떨리기 시작했다. 갓 태어난 미숙아를 아오코보다도 먼저 사랑스럽다고 말한 남편은 그만큼 아이에 대한 집념이 강했을 터다. 응, 하고 대답한 아오코는 호다카의 등을 쓰다듬었다. 우리는 마음이 맞는 부부

였고, 서로를 사랑했다고 생각한다. 사랑이 선택되지 않는 상황도 있음을 비로소 깨달았다. 그렇게 남편은, 다른 삶을 향해 갔다.

역 앞에서 클랙슨을 울리는 가야노에게서 평소와 다른 모습은 찾아볼 수 없었다. 메탈릭한 광택이 나는 분홍색 롱 플리츠스커트에 진녹색 시폰 블라우스를 받쳐 입고 있었다. 변함없이 화려하고 예쁜 옷을 좋아한다. 허리까지 기른 밤색 머리를 고운 금색 머리핀으로 고정했다.

"왠지 들떠 보이는데?"

"왜 아니겠어. 어협 시장 홈페이지 보니까 바위굴이 벌써 잡혔대. 굴 님을 위해 이 정돈 꾸며줘야지."

"그렇게 좋을까."

가야노와는 반대로 와이드 데님 팬츠에 티셔츠를 입은 편한 차림으로, 아오코는 조수석에 올라탔다. 각자의 일 이야기, 아이 이야기 등 근황 보고를 주고받으며 고속도로를 달렸다. 가야노의 바람대로 바다 근처 시장에서 갓 딴 굴을 먹고, 무알코올 맥주를 한 손에 든 채 해안가를 산책하고, 휴게소에서 채소와 달걀을 사고, 마지막으로 당일 입욕이 가능한 호텔에 들렀다.

"유방암이래. 다음 주에 수술해."

수건으로 긴 머리를 틀어 올린 가야노는 노천탕 가장자리에 팔을 얹고 오후의 바다를 바라보며 말했다. 2초간, 아오코는 저도 모르게 할 말을 잃었다.

"……병세는, 어떤데?"

입 밖에 내고 어리석은 질문을 했다며 후회했다. 병세가 어떻든 불안한 마음인 건 매한가지일 텐데. 가야노는 어깨를 가볍게 추켜올렸다.

"으음, 살짝 걱정스러운 정도?"

"그렇구나……."

눈앞의 바다보다도 훨씬 더 혼탁한 감정의 바다가, 아오코의 내면에서 수위를 높였다. 휙 하고 가볍게 손을 흔들던, 생명을 보석처럼 반짝이던 여자아이가 눈꺼풀을 스쳤다. 가야노의 딸은 아직 다섯 살이다. 중국차 가게에서 만난 그 아이보다도 어리다. 우리 나이에 설마, 너무 이르다, 싫다, 이럴 수가, 너무하다, 너무 가혹하다—안 돼, 내 감정으로 가득 채워져선 안 돼. 아오코는 가느다란 숨을 들이마셨다. 나무바가지로, 이제 막 새로운 별에 떨구어진 친구의 어깨에 온천물을 끼얹었다.

"우선은, 페이스를 찾아보자."

"페이스?"

"응. 앞으로 삶에 치료를 끼워 넣게 되잖아? 가장 편안한 페이스를 생각해보자. 나도 함께할게."

가야노는 입을 헤벌쭉 벌린 채 눈을 완만히 깜빡였다.

"그래, 삶……. 어떤 때건 삶은 계속되지, 반드시."

몇 번의 깜빡임 후 가야노의 눈꼬리에서 눈물이 똑하고 떨어졌다. 목소리가 잘게 떨렸다.

"따, 딸, 앞에서, 울고 싶지, 않았거든."

"그래, 알아."

"무서우면 전화해도 돼?"

"물론이지. 아침이든 밤이든 언제든 해도 돼. 일하는 중이면 끝나고 나서 꼭 다시 걸게."

가야노는 젖은 눈꼬리를 손등으로 누르며 얼굴을 돌렸다. 날이 맑아 온천 수면에는 빛그물이 떠 있었다. 하얀 바닷새가 수평선 가까이를 날고 있었다.

그녀의 눈물이 멎을 때까지, 제각기 풍경을 바라보며 탕에 고요히 잠겨 있었다.

바다의 조각

광대뼈 언저리에 미미한 빛이 닿아 있었다. 따스함이나 눈부심을 느낄 만큼은 아니었다. 그곳에 존재한다고, 닿아 있다고 막연히 알아차릴 만큼의 빛.

존재한다는 것 외에 아무런 작용이 없음에도, 빛이라고 생각한 순간 깊이 가라앉아 있던 의식이 그쪽을 향했다. 이끌려 갔다. 완만한 물살에 떠내려가듯 편안하게.

가벼운 부유감과 함께, 안도 겐야는 눈을 떴다. 잠에서 깨면 언제나 머리가 베개에 처박힌 듯한 권태감에 사로잡히곤 한다. 그런데 이상하게도 오늘은 머릿속이 맑아 눈꺼풀을 가뿐히 들어 올릴 수 있었다.

어둑어둑한 방의 천장이 눈에 들어온 직후. 왼편에서부터 이쪽을 향해 부드러운 물색 빛이 뻗어 있음을 깨달았다. 암막 커튼으로 덮인, 남향으로 난 창의 중앙. 양쪽 커튼 사이에 틈이 생겨, 그곳에서 드리운 빛이 머리맡에 닿아 있었다.

몸을 일으킨 겐야는 창가에 놓인 책상 너머로 팔을 뻗어 커튼을 걷었다. 싱그러운 봄볕이 세 평짜리 방 안으로 흘러들었다.

창가엔 둥그스름한 유리 조각을 스무 개쯤 담은 투명한 잼 병이 놓여 있었다. 어제 엄마가 '거실을 청소하다 추억의 물건을 발견했다'며 가지고 온 것이었다. 매트 가공을 한 듯 부드러운 감촉을 지닌 유리 조각은 바다유리라 불리는 해안가의 표착물로, 대개는 바닷속에서 연마된 유리병의 파편으로 알려져 있다. 겐야는 이것들을, 철이 들 무렵부터 근처 바닷가에서 소중히 주워 모아왔다. 대부분의 유리 조각은 하늘색이거나 초록색이며, 딱 하나 연보라색인 것이 있는데 이건 쉽게 찾을 수 없는 귀중품이었다.

잼 병을 통과한 햇살은, 야트막한 바다를 연상케 하는 엷은 색으로 물들어 있었다. 건네받을 때 겐야는 인터넷으로 주문해 막 도착한 만화책에 시선을 떨구고 있었고,

엄마의 얼굴도, 자신에게 내밀어진 물건도 제대로 쳐다보지 않았다. 건성으로 대답하곤, 별 확인도 없이 손에 든 병을 창가에 두었다.

보지 않은 게 아니라 보고 싶지 않았던 것이다. 지난달, 겐야는 생일을 맞았다. 엄마가 제 생일날이 되기까지 이 교착된 상황에 어떤 변화가 생기길 기대해왔음은, 아리송한 목소리 톤이며 단어의 선택으로 눈치채고 있었다. 심기일전, 재충전 시간도 슬슬 끝이네, 일단은 학교를 다녀보는 것도 좋지 않겠니?

겐야라고 아무 일도 하지 않은 건 아니었다. 실제로 취업이나 입학 정보 사이트들을 살펴보던 시간도 짧게나마 있었다.

하지만 그다음 단계로 나아갈 엄두는 나지 않았다. 동료와 함께, 일의 보람이 있는, 서로를 발전시키는, 남에게 보탬이 되고 싶은—그런 글자의 나열을 바라보고 있으면, 눈앞에 마치 거대한 얼음벽이 나타난 듯한 오싹함과 요의가 덮쳐 와 심장이 거세게 요동쳤다. 황급히 브라우저를 닫고, 체온이 스민 침대로 돌아가 이불을 뒤집어썼다. 그렇게 겐야는 방구석에 틀어박힌 채로 서른한 살 생일을 맞이했다. 그런 아들에게 부모님은 어김없이 케이크와 닭튀김을 준비해 방까지 가져다주었다. 마지막 아르바이트를 관둔 지 벌써 1년 반이란 시간이 흘렀다. 이력서의 공백기가 길어질수록 다시는 사회로 돌아가지 못하리란 불안감이 커졌고, 그럴수록 더욱더 꼼짝을 못 하게 되었다.

잼 병을 쥐고 흔들었다. 스치는 바다유리가 찰그랑찰그랑 맑은 소리를 냈다. 전부 집에서 자전거로 10분쯤 달리면 나오는 해안가에서 주운 것이다. 닦고, 말리고, 부모님에게 굉장하지? 하며 우쭐한 마음으로 보여주곤 했다. 세상 어딘가에서 온 아름다운 단편斷片은 보물이었다. 초등학생 시절부터 20대 중반이 되기까지 줄곧.

이제 더 이상 주우러 갈 수 없다. 그 해안가는, 전에 다니던 회사와 너무도 가깝다.

해안가만이 아니다. 역도, 주택가도, 가까운 편의점도, 어릴 적부터 아무 생각 없이 자유롭게 드나들던 모든 장소가 몹시도 껄끄러운 장소로 변해버렸다. 일을 하지 않는다, 그 나이 먹고 부모에게 어리광 피운다, 말도 제대로 안 한다, 저 녀석은 틀려먹었다. 본가 2층에 틀어박혀 있단 사실이 들통나면 그런 식으로 소문이 나, 불량품이라는 낙인이 찍히지 않을까. 유령 같은 공포가 등 뒤에 달라붙어 떨어질 줄을 몰랐다.

지인도, 다른 누구도 만나고 싶지 않다. 아무에게도 모습을 드러내고 싶지 않고, 누군가 나에 대해 어떤 생각을 가지는 게 싫다. 그런 느낌이 들기 시작하자 전 직장 주변에서부터 차례로, 흡사 판 초콜릿을 한 줄씩 꺾어내듯 '갈 수 없는 장소'가 늘어갔다. 동료를 만나고 싶지 않다. 동창을 만나고 싶지 않다. 이웃을 만나고 싶지 않다. 나를 평가하는 타인을 만나고 싶지 않다. 제 방은 가까스로 손에 남은 초콜릿 한 조각이자, 존재가 허락되는 마지막 장소였다.

머리맡에 놓인 스마트폰을 집어 들어 화면에 표시된 디지털시계를 확인했다. 각진 네 개의 숫자는 오전 열 시를 가리키고 있었다. 기본적으로 해 뜰 무렵 잠들어 오후에 일어나는 생활을 하고 있으므로, 방 안으로 새어든 빛 덕에 제법 일찍 눈을 뜬 셈이었다.

메신저 앱에는 엄마로부터 메시지가 와 있었다.

[가게 다녀올게! 저녁은 튀김으로 하려는데, 닭튀김하고 새우튀김 중 뭐가 더 좋아? 겐야가 먹고 싶은 걸로 할게!]

겐야의 엄마는 낮 동안 역 건물 식품 매장에 있는 빵집에서 일하고 있다. 겐야가 방에 틀어박힌 지 얼마 안 되었을 무렵엔 [저녁은 뭐 먹고 싶어?] 등의 막연한 메시지를 자주 보내왔다. 답장이 떠오르지 않아 문자를 거의 방치하곤 했는데, 언제부턴가 엄마는 [A랑 B 중 어느 게 더 먹고 싶어?] 하는 식의 질문 방식을 쓰게 되었다. 확실히 겐야 입장에서는 그 편이 더 대답하기 쉬웠다. 빵집 종업원이 착용하는 진녹색 삼각 두건을 떠올리며, 겐야는 화면 위에 엄지손가락을 올렸다.

새우튀, 라고 입력한 순간 문자 입력 소프트웨어가 버벅거렸다. 갑작스레 화면이 전환되며 새 메시지의 도착을 알렸다.

심장이 쿵쾅쿵쾅 분주히 뛰었다. 메시지의 발신자는 'AOKO'. 어딘가 낯이 익은 이름이었는데, 그러거나 말거나 몹시도 초조했다. 엄마가 아닌 다른 이에게서 메시지를 받은 건 몇 달 만의 일이었기 때문이다. 엄마와의 대화창으로 되돌아가려 허둥대던 손가락이 실수로 수신한 메시지 쪽을 누르고 말았다. 겐야와 엄마가 이용하는 메신저 앱은 메시지를 확인하면 상대방 쪽에도 '읽음'이라는 알림이 간다.

아차 싶었을 때는 이미 AOKO의 메시지가 화면에 떠 있는 상태였다.

[오랜만에 연락하네, 나 모리사키야. 겐겐, 요즘 어떻게 지내? 실은 지난주부터 가야노하고 기오이 초町에 있는 도장을 다니기

시작했어. 일요일 오후 수련에 나가. 겐겐이랑 다쿠짱도 보고 싶은데, 괜찮으면 한번 와. 지도해주시는 엔도 사범님도 두 사람 보고 싶댔어.]

밝고 해맑은 내용에 어리둥절했다. AOKO는, 대학 시절 같은 합기도부에 소속돼 있었던 모리사키 아오코였다. 약 5년 전, 마찬가지로 합기도부에서 자신들 기수에 주장을 맡았던 하나다 다쿠마의 결혼식 날 재회해 메신저 앱 연락처를 교환했었다.

AOKO에게서 온 메시지에는 읽음 표시가 붙어버렸다. 더구나 메시지를 받은 직후에. 아오코는 분명 스마트폰을 보고 있는 제 모습을 상상했을 터다. 어쩌면 금방 답장이 오겠다는 생각으로 기다리고 있을지도 몰랐다.

아무도 눈치채지 못하게 해왔는데 들키고야 말았다. 그런 양심의 가책을 닮은 기묘한 감정이 일었다. 어쩌면 좋지. 만일 답장을 하지 않으면 아오코에게 '메시지를 바로 확인해놓고 무시했다'는 인상이 남는다. 그건 일종의 답장이나 다름없다. 조작 실수만 없었더라면 차라리 못 본 척할 수도 있었을 텐데.

1년 반이란 시간 동안 집 밖을 나가지 않았다. 동네를 걸어 다니는 일조차 거부감이 든다. 이런 상태로 대학 시절의 동아리 부원을 만나고 싶지는…… 않은 것 같다. 합기도 수련은 고사하고, 만나면 어김없이 요즘 어떻게 지내느냐며 근황을 물어 올 것이다. 바보 취급을 당하는 것도, 문젯거리를 안고 있는 녀석이라며 측은히 여겨지는 것도 싫다. 몸이 움츠러들었다.

좌우간 무슨 구실을 만들어 거절해야겠다. 일이 바쁘다, 몸 상태가 좋지 않다, 실은 이사를 해서 관동 지방에 살고 있지 않다……. 그런 거짓말을 상상한 것만으로도 단숨에 기력을 빼앗겼다. 죄다 집어치우고 싶어져 스마트폰 화면을 껐다. 공복감이 느껴졌다. 방을 나와 1층 부엌으로 향했다. 부모님이 일하러 나가 있는 낮 동안은 집 안을 마음 편히 돌아다닐 수 있다.

엄마가 늘 식탁에 차려놓는 남은 아침밥—오늘은 미역 주먹밥과 햄에그, 토마토와 오이가 든 샐러드였다—을 먹어 치우고, 텅 빈 그릇을 싱크대로 가져갔다. 냉장고에서 꺼낸 사과 주스를 컵에 따라 들이켰다.

칼로리를 섭취해선지, 조금 전 아오코에게서 받은 메시지가 또다시 머릿속에 떠올랐다. 도장을 다시 다닌다고? 졸업한 지 10년 가까이 지나서? 확실히 졸업 후에도 합기도를 계속하고 싶다며 열의를 보이던 부원은 몇 명인가 있었다. 그러나 그 두 사람이 그랬단 인상은 딱히 없다. 대체 어떤 심경의 변화가 있었던 걸까.

처음 가입한 1학년 때는 열 명 가까이 되던 동기들도 아르바이트가 바빠졌다, 동아리 내에서 충돌이 생겼다, 연애 문제로 사이가 틀어졌다는 등의 이유로 하나둘씩 그만두더니, 동아리를 감독하는 3학년이 될 즈음엔 겨우 네 명이 되어 있었다. 주장 다쿠마, 부주장 가야노, 후배 아오코는 교육 담당, 겐야는 회계 및 섭외 담당으로 역할을 배정해, 다다미가 얼음장처럼 차가운 한겨울의 아침 훈련, 서른 명 가까운 후배들을 인솔한 여름 합숙 등의 일정을 힘을 모아 헤쳐나갔다. 밝은 성격에 게임 마니아인 다쿠마, 남의 말을 잘 듣지 않는 서글서글한 성격의 가야노, 성실하며 잔소리가 많은 아오코. 그냥 같은 반 친구로 만났더라면 그렇게까지 친해지진 않았을지 모른다. 그럼에도 겐야는 하나의 책임을 나누어 졌던 경험으로 인해, 그들에 대해 모종의 동료 의식을 가지고 있었다.

맞다. 나한테 연락이 왔다는 건, 다쿠마도 분명 같은 메시지를 받았단 뜻이겠지. 2층으로 올라가 스마트폰을 집어 들었다. 결혼식 뒤풀이에서 접수를 맡은 이래 아무런 움직임이 없었던, 다쿠마와의 대화창을 띄웠다.

[아오상한테 연락받았어?]

짧은 메시지를 보내자, 마침 점심시간이었는지 5분도 채 지나지 않아 다쿠마에게서 답장이 왔다.

[받았어, 받았어. 가야농하고 수련하러 다닌다네? 난 이번 주 일요일에 가볼 예정.]

가야농은 동아리 내에서 불리던 가야노의 애칭이다. 아오코와 가야노는 서로를 존칭 없이 이름으로 불렀는데, 남자가 여자 이름을 막 부르기는 왠지 적나라한 느낌이 들어 가야농, 아오상이라고 살짝 변형해 부르곤 했다. 두 사람에 대해 뭔가 알고 있느냐고 묻기도 전에 다쿠마는 또다시 메시지를 보내왔다.

[가야농이 암에 걸려서 연초에 수술을 했대. 같이 재활 운동을 하고 싶은데, 엔도 사범님이 어느 도장에서 지도하고 계시는지 아냐고 아오상이 묻더라고. 난 지금도 도장 선배들 몇 명이랑 연락하며 지내거든.]

이게 무슨 소리지. 머리를 얻어맞은 듯한 충격이었다. 가야노가 암이라고? 아직 30대 초반인데? 우리 동기가, 암? 겐야의 혼란에도 아랑곳 않고 다쿠마의 메시지는 이어졌다.

[수련 끝나고, 가야농한테 맛있는 거라도 사주면서 위로회

하자.]

위로회. 자신의 상황과는 동떨어진 한가로운 글자에 눈이 쏠렸다. 갈 수 있을까. 아니…… 무리다. 하지만 암이라니. 잘은 몰라도 가혹한 병이란 건 안다. 내가 만나봐야 해줄 수 있는 일이 아무것도 없단 것도 안다. 그래도.

오랜 망설임 끝에 겐야는 다쿠마에게 '알았어'라는 문구가 붙은, 양팔로 동그라미를 만든 곰 이모티콘을 보냈다. 그리고 아오코에게는 일요일에 다쿠마와 함께 도장을 방문하겠다는 의사를 전했다.

"내 도복, 어디 넣어놨는지 알아? 이번 주 일요일에 대학 동기들하고 기오이 초 도장에 다녀올 거야."

그날 저녁, 집에 온 엄마에게 물어보자 그녀는 두 손에 든 슈퍼마켓 봉지를 제자리에 떨어뜨렸다. 저, 저, 정말이니? 하고 새된 소릴 지르더니 느닷없이 겐야를 부둥켜안았다. 즉시 뿌리치려 했지만, 옆으로 쓰러진 비닐봉지에서 포장 용기에 든 닭 다릿살과 껍질이 붙은 새우가 쏟아져 나온 걸 보고, 겐야는 하릴없이 몸의 힘을 뺐다.

일요일은 날이 맑았다. 아직 푸른빛이 옅은 하늘에, 지다 남은 벚꽃이 하얀 꽃잎을 흩뿌리고 있었다. 도복을 넣은 크로스백을 등에 메고, 겐야는 한 시간가량 여유 있게 집을 나섰다. 복장은 이것저것 고민하기 귀찮아 결국 검정 데님에 같은 색상 티셔츠라는 가장 무난한 조합을 골랐다. 멋스럽다곤 할 수 없으나, 학생 때도 검은색이나 감색 옷만 입었으므로 그 세 사람은 별생각이 안 들 것이다. 자라 있던 머리카락은 엄마가 욕실에서 잘라주었다.

요란스레 현관 밖까지 배웅을 나온 부모님의 시선을 떨쳐내고, 기운을 북돋아 화창한 봄날의 거리로 걸음을 떼었다. 유아차를 미는 제 또래의 아빠, 자전거를 탄 할머니, 똘똘 뭉쳐 걸어가는 초등학생들. 이웃 주민들과 스쳐 지날 때마다 살갗이 따끔따끔했다. 누가 나를 알아보지 않을까. 요즘 통 안 보이던데, 하고 말을 걸어오지는 않을까. 긴장감으로 어깨가 무척 뻐근했다.

동네 역을 빠져나오니 호흡이 조금 편안해졌다. 한 칸에 열 명도 타 있지 않은 널찍한 전철 안에서 숨을 돌렸다. 끝자리에 앉아 등에 멘 가방을 가슴에 껴안았다.

혹여나 뭐 해? 하고 누군가 말을 걸어오면, 오늘 대학 동기들과 합기도 수련을 한다고 대답할 수 있다. 누군가가 나를 기다리고 있다. 알기 쉽게 설명할 수 있다.

알기 쉽게 설명할 수 없는 일투성이였다. 왜 회사를 관두었느냐, 왜 방에서 나오질 않느냐. 다른 문장으로, 다른 어투로 대체 몇 번을 질문받았는지 모른다. 부모님만이 아니었다. 쩔쩔매던 그들이 불러온 친척, 아빠의 지인이라는 설교 조의 상담사, 커리어가 망가진 사회인을 지원한다는 영문 모를 단체의 직원. 왜 이렇게 되었는가. 왜 개선하지 않는가. 문 너머로 질문받을 때마다 겐야의 혼란은 더해졌다.

왜냐고 묻고 싶은 건 자신이었다. 적어도 대학을 다니고 강의를 듣고 동아리 활동에 힘쓰던 시절, 겐야는 밖으로 나가기 싫다는 생각 따윈 단 한 번도 한 적이 없었다. 도리어 쉬는 날 방에만 박혀 있길 못 견뎌 하는 유형으로, 틈만 나면 바닷가로 나가 제방에서 낚싯줄을 드리우곤 했다. 낚시 친구도, 술친구도 제법 있었다.

겐야는 바다 가까이 사무실을 차린 법인용 소프트웨어 개발사에서 엔지니어로 일했다. 일에 차차 적응해가던 20대 중반, 업계 대기업에서 이직해 온 사람이 직속 상사가 되었다. 띠동갑 연상에, 일솜씨가 아주 좋은 유능한 인물이었다. 직감적으로 이해하기 쉬운, 고객의 마음을 사로잡는 아이디어를 제안하며 그의 수완은 안팎으로 높은 평가를 받았다.

그 상사에게 겐야는 미움을 받았다. 의견을 내는 족족 퇴짜를 맞았고, 상상력이 없다, 배울 자세가 안 되어 있다며 가차 없이 비판받았다. 야근을 하고, 사외 스터디에 참여하고, 하나의 안건에 여러 개의 플랜을 짜곤 했다. 그런데도 소용이 없었다. 사내에서 주목을 받는 그의 공격적인 태도로 회사를 다니기가 껄끄러워졌고, 마지막에 가서는 데이터를 입력하는 아르바이트 직원마저 겐야를 깔보듯 이야기하게 되었다. 피로가 쌓여도 잠을 잘 못 잤고, 자나 깨나 묘한 이명이 들렸다.

그리고 마침내, 현관 밖을 나서는 일이 도저히 불가능한 지경에 이르렀다. 회사를 관두고 한동안 요양 생활을 하다, 내내 이러고만 있을 수도 없겠다는 생각에 몇 차례 아르바이트를 했다. 그러나 남들 보는 앞에서 일을 한다는 데 극심한 압박감을 느꼈고, 또다시 몸이 망가져 그만두고 말았다.

왜냐는 질문엔 무능했으니까, 라는 대답이 가장 적절할 듯싶다. 사회에서 당당히 살아갈 수 있을 만큼 유능하지 않았다. 미움받았다. 민폐 취급을 받았다. 애당초 말주변이 좋지도, 센스가 있지도 않다. 외모 역시 둔해 보여 사람들이 결코 좋아할 만한 타입은 아니다. 취직되는 순간까지 들통나지 않았을 뿐, 근본적으로 자신은 사회에서 배척당하는 약점과 못난 구석을 지니고 있던 것이다. 그런 생각이 들자 이런 무시무시한 사회를 태연히 걸어가는, 세상 모든 이들에게 열등감을 느끼게 되었다.

눈앞이 깜깜했다. 차창 밖으로 흐르는 거리 풍경은 색채로 가득했다. 빛이 쏟아져 내리고, 벚꽃도 흩날리고 있는데. 겐야에게 있어 그 풍경들은 TV나 영화 속 세상보다도 더 현실감이 없었다. 눈을 잘게 깜빡였다. 불신으로 뒤덮였다. 새카만, 얼음처럼 차가운 거절의 벽. 그것이, 겐야가 실감하는 세상이었다.

고지마치 역에 예정보다 일찍 도착해, 역 근처 카페로 들어갔다. 따뜻한 커피를 주문하고 딱 하나 비어 있던 창가 쪽 카운터 자리에 앉았다. 다쿠마와 만나기로 한 지상 출구를 살피며, 길 가는 사람들을 멍하니 바라보았다. 오피스가인 만큼 휴일임에도 정장이며 오피스룩을 입은 행인이 많았다. 오른쪽 옆자리 여성은 노트북을 펼쳐놓고 문장을 입력하고 있었다. 왼쪽 옆자리는 졸업 논문이 이러쿵저러쿵하며 대화 중인 대학생 커플. 등 뒤로는 미팅 중인 모양인지 공손한 말씨로 의논하는 남성들의 목소리.

도심 속에 있으면 시각적으로나 청각적으로나 정보가 마치 강물처럼 흘러들어 온다. 그리고 이곳에 있는 모든 이들이 분주해 보인다. 이 세상에는 기본적으로 할 일이 있는 인간만이 존재하는 것일까.

머그잔에 든 커피가 반 정도 사라졌을 즈음, 지상 출구 밖으로 익히 보아온 구부정한 등이 나왔다. 선명한 파란색 후드티에 카키색 치노 팬츠를 받쳐 입고, 스포츠용품 브랜드의 보스턴백을 어깨에 멘 덩치 큰 남자. 변함없이 마구 뻗친 부스스한 곱슬머리. 다쿠마였다. 기분 탓인지 결혼하고 좀 살이 붙은 듯했다.

약속 시간보다 5분 정도 빨랐다. 다쿠마는 출구 근처에 멈춰 서서 두리번두리번 주위를 둘러보곤, 후드티 주머니에서 스마트폰을 꺼냈다. 그 모습을 보며 겐야도 스마트폰 화면에 손가락을 놀렸다.

[지금, 바로 앞 카페에 있어.]

메시지를 확인했는지, 보낸 지 몇 초도 지나지 않아 다쿠마가 이쪽을 쳐다보았다. 검은자위가 큰 눈이 휘둥그레지며 웃음이 터지기 직전처럼 얼굴이 피었다. 그 순간, 다쿠마는 돌연 진지한 표정을 짓더니 이쪽을 향해 한 걸음을 내디뎠다. 무릎을 굽혀 몸의 중심을 앞쪽 다리로 옮기고, 뒤쪽에 남은 다리는 가볍게 뻗었다. 양손을 목검을 쥘 때와 같은 위치에 두고 손바닥을 쫙 펴, 서서 하는 합기도 기술의 기본자세인 우자세를 취했다.

이런 오피스가 한복판에서.

겐야는 그리운 장난에 표정이 누그러짐을 느꼈다. 바보다, 여기 바보가 있어. 행인들이 의아한 듯 뭐야, 이 괴상한 포즈는, 하고 다쿠마를 돌아보고 있었다. 대학 시절이라면 모를까 서른 넘은 녀석이 뭘 하고 있는 건지. 그러나 이 순간만큼은 어떻게든 받아주지 않으면 안 된다. 겐야 역시 표정을 가다듬고, 자리에 앉은 채 손으로만 기본자세를 취했다.

유리창 너머 진지한 얼굴로 서로를 마주 보길 10초, 다쿠마는 콧방울을 벌름거리며 풋 하고 웃음을 터뜨리곤 웃는 얼굴로 카페에 들어왔다.

"이야 겐겐, 잘 지냈어?"

"제발 좀 참아줘 주장, 우리도 이제 서른하나라고."

겐야는 커피를 들이켜고 다쿠마와 함께 카페를 나왔다. 도장으로 가는 길, 대화 주제는 자연스레 오늘 약속의 계기가 된 가야노로 향했다.

"유방암이었대."

유방암, 하고 앵무새처럼 따라 말한 뒤 겐야는 할 말을 잃었다. 유방암이라면 간혹 연예인들이 죽던 병 아닌가. 삐쩍 마른 모습으로 고통스러운 듯, 성인聖人처럼 웃으며.

"괜찮은 거야?"

"글쎄……. 재활 운동을 한다는 건, 수술하고 어느 정도 요양이 끝나서 몸을 움직여도 괜찮은 단계에 들어섰다는 거 아닐까."

"그래? ……그럼 뭐더라, 기수? 그건 그렇게 높지 않아서 가벼운 수술로 끝난 건가."

"으음, 모르겠네."

"으음……."

암은 재발한다고도 들었다. 가야노는 결국 괜찮은 건지 그렇지 않은 건지, 가까운 지인 중 암을 앓은 사람이 없는 겐야는 알 수 없었다. 다쿠마도 미간을 찌푸린 채 또다시 으음, 하고 짧게 신음했다.

"앞으로 어떻게 될진 아오상도, 어쩌면 가야농 본인도 잘 모르지 않을까. ……그러니 불러줘서 다행이야."

"……그런가?"

"그렇지, 그렇지."

가야노가 죽을 가능성을 고려해, 더 늦기 전에 만날 기회를 만들어줘서 다행이라는 말인가. 그건 왠지 너무 비관적인 생각 같은데. 옛 친구의 발언이 썩 와닿지 않는 채, 겐야는 다쿠마를 따라 상가 빌딩 엘리베이터에 올라탔다.

기오이 초 도장은 대학 시절에 몇 번 와본 적이 있었다. 접수대와 탈의실이 3층, 도장은 4층이다. 엘리베이터에서 내리자마자 좌측 자판기 코너에 있던 낯익은 한 쌍을 발견했다.

"가야농, 아오상."

"오오, 겐겐! 다쿠짱도 같이 왔네."

모리사키, 히노하라, 라고 이름이 검정 실로 수놓인 도복 차림의 두 사람은 표정을 환히 밝히며 다가왔다. 제각기 손에 페트병 차를 들고 있었다. 벌써 도장으로 가 있을 생각이었나 보다. 맨발에 슬리퍼를 신었고, 얼굴에 화장기는 없었다. 서로에게 기술을 걸 때 도복이나 다다미를 파운데이션 등으로 더럽히지 않게끔 여자는 수련 시에 보통 화장을 지운다.

가야노는 건강해 보였다. 마른 체형인 건 예전부터 그랬고, 얼굴빛이 밝은 데다 눈의 움직임도 생기발랄했다. 다쿠마의 결혼식 때는 등을 덮는 길이였던 긴 머리를 귀가 드러날 만큼 짧게 자른 것이 변화라면 변화일까. 아오코는 여전히 운동 신경이 좋아 보이는 다부진 몸매에, 차분한 웃음을 짓고 있었다.

이야 오랜만이다, 하고 다쿠마가 손날베기(스모에서, 승리한 선수가 현상금을 받을 때 부채에 얹은 현상금을 손날로 베는 예절—옮긴이)를 하며 익살맞은 인사를 했다. 두 여자는 까르륵 웃었다.

"먼저 도장 가 있을게."

"그래."

함께 엘리베이터 옆 계단으로 향하는 그녀들의 등을 눈으로 배웅했다. 도장 이용자가 빌딩 엘리베이터를 독차지하는 일이 없게끔, 도장은 도복을 입으면 계단을 이용할 것을 권장하고 있다.

"생각보다 건강해 보여서 다행이다."

입 밖에 내자 다쿠마도 "응, 그러게" 하고 동조했다.

옆에 큼지막한 수조가 놓인 접수대에서, 대학생이 아닌 사회인으로서 새로 회원 등록을 마쳤다. 수련비를 지불한 다음, 탈의실에서 도복으로 갈아입고 거의 10년 만에 처음으로 검은 띠를 맸다. 대학 4년을 동아리 활동에 매진한 보람이 있게, 겐야를 비롯해 다쿠마와 아오코, 가야노 모두 검은 띠를 보유하고 있다. 이미 기술에 대한 기억도 어렴풋한, 상당히 못 미더운 검은 띠지만.

"내 띠는 검은색이 아니고 거의 회색이야. 더없이 흰 띠에 가까운 회색."

"나도, 나도."

다쿠마의 농담에 맞장구를 치며 계단을 올랐다.

다다미가 서른 장 깔린 도장에는 스무 명 남짓한 도장 회원들이 모여 있었다. 초등학생부터 6, 70대까지 연령층이 다양했다. 아이들은 흰색, 밤색, 검은색이 아닌 빨간색, 주황색 등 아동용 단위에 준하는 컬러풀한 띠를 두르고 있었다. 구석에서 담소를 나누고 있던 아오코, 가야노와 합류해 스트레칭을 했다. 내내 운동 부족이었던 겐야의 무릎은 조금만 뻗어도 우두둑 불안한 소리를 냈다.

다른 세 사람의 몸동작을 보며 겐야는 재밌네, 생각했다. 몸을 비트는 방식, 뻗는 방식, 굽혔다 펴는 리듬. 그들의 사소한 동작 하나하나가 눈에 익었다. 그런 굳어진 습관은 분명 10년이 흘러도 변하지 않는 것이리라.

정렬, 하는 날카로운 목소리가 날아왔다. 모든 회원들은 안전 기원 신단이 설치된 벽 쪽을 향해 줄을 지어 정좌했다. 뒤이어 도복에 하카마(일본의 전통 의상으로, 기모노 위에 입는 하의—옮긴이)를 입은 체격 좋은 사범님이 입장했고, 수련이 시작되었다. 앉은 채 무릎으로 다다미를 전진하는 슬행膝行이며, 중심을 실은 한쪽 발을 미끄러뜨리며 전진하는 사행斜行 동작 등 기본 동작을 연습했다.

방어 연습을 할 차례가 되었다. 겐야는 시야 끝에서 동작을 취하고 있는 가야노가 공중에서 한 바퀴 돌아 힘차게 다다미를 때리는 등의 격렬한 방어는 하지 않고, 그때만 동작을 앞구르기로 대체하고 있음을 깨달았다. 계속되는 기술의 위력을 정면에서 막아내는 게 아니라 교묘히 회전하거나 다다미를 내리쳐 충격을 신체 외부로 돌려야 하므로, 방어에는 그에 걸맞은 체력과 기술이 요구된다. 정상적인 컨디션이 아닐 때 무리하게 고난도 방어 기술을 취하면 부상을 입기 십상이다. 가야노 역시 그 사실을 알기에 사리고 있는 것이리라. 수련은 으레 본인의 몸 상태에 맞게 행하는 것이므로 그 점을 신경 쓰는 회원은 없었다.

짧은 머리칼을 휘날리며 가야노는 빙글, 빙글, 리드미컬하게 회전했다.

기본 연습이 끝나고, 서로에게 기술을 걸 시간이 되었다. 사범님이 도장 경력이 긴 검은 띠 회원을 지명해 방어를 취하도록 한 뒤, 모두의 앞에서 설명을 곁들이며 기술 시범을 보였다. 회원들은 2인 1조로 흩어져, 순회하는 사범님의 지도 하에 배운 기술을 연습했다.

겐야는 옆에 있던 가야노와 조를 꾸렸다. 옆을 보니 다쿠마는 아오코와 한 조였다. 네 사람 모두 공백기가 긴 흐린 회색빛의 검은 띠인지라, 일면식 없는 흰 띠나 밤 띠 회원이 믿고 의지해 온들 적절히 대응해줄 수가 없어 방어 태세만 취했을 것이다. 웃음을 참고 가야노와 마주 서서 잘 부탁드립니다, 하며 머리를 숙였다.

먼저 방어를 취하기로 한 겐야는 에잇, 하는 기합을 넣으며 가야노의 손목을 움켜잡았다. 힘을 실어 똑바로 밀어냈다. 가야노는 170센티미터가 조금 못 되는 겐야보다 10센티미터 정도 작다. 그러나 겐야가 아무리 세게 밀어도 정확한 자세를 취한 그녀의 몸은 꿈쩍도 하지 않았다. 가한 힘은 그녀의 몸을 빠져나가 온통 다다미로 흘러가는 중이었다.

익숙한 감각에 그리움이 솟구쳤다. 살집이 없는 가야노의 팔은 피부가 못 미더울 정도로 부드러워, 세게 쥐더라도 확실한 손맛이 잘 느껴지지 않는다. 이 사람은 10년이란 세월 동안 내가 모르는 시간을, 이 육체로 살아온 것이구나, 생각했다.

표정을 가다듬은 가야노는 밀어붙이는 힘을 몇 초간 막

아내다, 퍼뜩 몸의 축을 틀어 제자리에서 회전했다. 앞으로 고꾸라진 겐야의 손목을 되잡아 자신의 팔에 밀어붙여 중심을 이동시킨 뒤, 방어자의 어깨 관절을 노렸다. 몸이 잔뜩 젖혀져 옴짝달싹 못 하게 팔이 졸린 겐야는 살짝 초조해졌다. 자세를 지탱하는 무릎이 후들후들 떨렸다.

아아, 가야노의 기술은 엄청났지. 힘이 약한 만큼 절대 힘으로만 밀어붙이지 않고, 신중하고 정확한 동작으로 관절을 가차 없이 공격해 오곤 했다. 동기 중 그 누구보다도 기술 걸기를 잘했고, 그게 바로 그녀가 부주장인 이유였다. 기술은 밋밋하지만, 분위기 띄우기나 갈등 중재를 잘하는 다쿠마. 생긋생긋 미소 지으며, 어처구니없이 정교하고 무자비한 기술을 선보이는 가야노. 리더인 두 사람은 서로가 잘하고 못하는 것을 보완하는 바람직한 한 쌍이었다.

"겐겐, 몸이 뻣뻣해. 넘어뜨린다? 좀 더 깊숙이, 세게 하고 싶은데."

"아, 더는 안 돼, 지금도 복근이 바르르 떨리는데……. 살살해."

"나 원."

가야노는 불만스러운 듯 입을 삐죽거리곤, 겐야의 몸을

다다미에 정수리부터 내리꽂았다. 겐야는 겨우겨우 다다미를 쳐서 방어를 취했다. 마무리로 겐야의 안면에 손날을 내리치며, 사디스트 기질의 부주장은 기술을 끝마쳤다.

이어서 겐야가 공격하는 쪽으로 전환했다. 가야노의 몸은 역시나 정상적인 컨디션이 아닌 모양인지, 겐야에게 등을 기대며 데구루루 구르듯 방어를 취했다.

"괜찮아?"

"응, 괜찮아. 잠깐 입원해 있던 시기가 있었거든. 하체 힘이 약해져서 무리하지 않으려는 것뿐이야."

"천천히 하자. 쉬고 싶어지면 말해."

공수를 교대해가며 묵묵히 연습을 되풀이했다. 또다시 신호가 떨어졌고, 사범님이 다음 기술의 시범을 보였다. 이번에는 다쿠마와 조를 짰다. 그는 커다란 팬케이크처럼 푹신푹신하고 두툼한, 부드러운 손을 지녔다. 그다음은 아오코. 손목부터 팔꿈치까지의 두께가 크게 다르지 않은, 직선적이며 나긋나긋한 팔.

"겐겐, 뻣뻣해."

"손목에 힘 빼. 다쳐."

잘은 몰라도 내 팔이 뻣뻣하긴 한가 보다, 하고 겐야는 생각했다. 중간에 다쿠마와 짝이 된 가야노가 휴식을 취하겠다고 했고, 사범님에게 간단히 전한 뒤 그 자리를 빠져나갔다. 도장 가장자리에 무릎을 꿇고 앉아 힘내, 라는 듯 손을 휘휘 흔들었다. 그 뒤로는 셋이 차례로 돌아가며 기술을 주고받았다.

한 시간가량, 도복이 흠뻑 젖을 만큼 많은 양의 땀을 흘렸다.

"오오, 너희들 왔냐."

곁으로 다가온 사범님이 장난스럽게 웃었다. 대학 시절부터 신세를 져온 엔도 사범님이었다. 예전에는 머리가 새까맸는데, 지금은 흰머리가 듬성듬성한 반백이 되어 있었다.

"안도, 허리가 안 들어가 있어. 몸도 좀 뻣뻣하고."

사범님이 겐야의 허리를 붙잡아 중심을 낮추었다. 무릎에 가해지는 부담이 부쩍 커졌다. 겐야는 옙, 하고 신음하며 비틀거림을 참았다.

도장 접수대 옆에는 너비가 1미터 가까이 돼 보이는 큼지막한 수조가 놓여 있었다. 이런 건 전에 없었던 것 같다. 수조 안에 물고기는 없었다. 바닥에 깔린 자갈 위에 둥그런 항아리며 조개껍데기 몇 개가 배치되어 있었다.

뭔가 싶어 쳐다보고 있는데, 항아리 안에서 심홍색의 생명체가 구물구물 기어 나와 깜짝 놀랐다. 문어였다. 문어 세 마리가 사육되고 있었다.

“사범님 중 한 분의 취미인가.”

“어? 뭐가?”

옆 벤치에서 스포츠음료를 들이켜고 있던 다쿠마가 얼굴을 들었다. 겐야는 손에 든 콜라 캔 뚜껑의 고리를 들어 올리며 문어 말이야, 문어, 하고 눈짓했다.

아오코와 가야노가 돌아갈 채비를 끝내길 기다리는 사이, 다른 일반 회원들이 자꾸만 말을 걸어왔다. 엔도 사범님이 지도하시던 대학의 학생들이지? 같이 수련하던 거 기억나? 낯이 익다 싶었는데, 승단 심사 때 만났었지? 어라, 혹시 노나카 사범님이 주최한 마작 대회에 왔었어? 그렇게 걸어오는 잡담 대부분을, 겐야는 문어에 집중하는 척 받아넘기며 다쿠마에게 떠맡겼다. 솔직히 말해 마음이 지칠 대로 지쳐 있었다. 오랜 시간 혼자만의 환경에서 지내온 터라, 단 하루 새 수많은 사람을 마주한 자극에 채 대응할 수 없었기 때문이다. 사교에 뛰어난 다쿠마는 상대를 기억하든 기억하지 못하든 능숙히 호응해주고 있었다.

문어가 여덟 개의 팔을 꿈틀대며 조개껍데기를 움켜잡

았다. 흡사 모자를 쓰듯 머리 위에 얹으려는 모습이 귀여웠다.

그래서, 나는 오늘 뭘 위해 이곳에 온 것일까. 큰 병에 걸렸던 가야노가 걱정돼 얼굴을 보기 위해 왔다. 아직 몸이 완벽히 회복되진 않은 듯해도 생각했던 것보다 건강해 보여 다행이다. 수련 자체도 오랜만에 땀을 흘려 상쾌했다. 다만, 예상은 했지만 소모가 심했다.

다음 주는 어떡하지.

하나 든 생각은, 자신이나 다쿠마 없이 아오코 혼자 가야노를 도와가며 수련에 참가하기란 좀 버겁겠다는 것이었다. 특히나 기술을 걸 때는 가야노가 무리하는 일이 없게끔 배려가 필요하다. 가야노를 신경 써줄 수 있는 건 아무래도 그녀가 큰 병을 앓은 사실을 알고 있는 사람이므로, 그걸 생각하면 되도록 오는 편이 좋을 것도 같았다. ―하지만, 정말 그럴까. 제 삶 하나 제대로 못 꾸려나가는 주제에 누굴 돕겠다니, 가당찮지 않은가. 보아하니 사범님은 가야노의 몸 상태를 알고 있는 듯했고, 격한 방어는 취할 수 없다고 말해두면 그날 처음 만난 일반 회원이라도 배려는 해줄 것이다. 그저 지나친 생각, 쓸데없는 참견일까.

멍하니 고민하고 있는데, 옷을 갈아입은 두 사람이 다

가왔다. 수련 자체에 대해, 10년 전과 비교해 순서가 조금 바뀐 것 같은 기술에 대해 이야기하며 어슬렁어슬렁 걸어가다 근처 일본식 술집으로 들어갔다. 닭튀김과 피자, 잔멸치 샐러드에 달걀말이 등 좋아하는 음식들을 적당히 주문해 맥주로 건배했다. 수련을 하고 난 뒤라 탄산이 맛있었다. 가야노는 술을 자제하고 있는지 아세롤라 주스를 골랐다.

"가야농, 고생 많았네."

다쿠마가 차분히 말문을 트자, 가야노는 괜스레 체육인 같은 느낌으로 손날베기를 하며 감사합니다, 하고 머리를 숙였다. 조금 쑥스러워하는 듯했다.

"깜짝 놀랐어. 설마설마했지. 그래도 안 좋은 부분은 전부 다 잘 떼어냈어."

건강해 보여서 안심된다, 하고 겐야도 말했다. 가야노는 자신이 주문한 뱅어 피자를 입안 가득 베어 물며, 생긋생긋 기분 좋게 끄덕였다.

"고마워. 나도 오랜만에 다 같이 수련해서 좋았어. 좀 더 체력이 돌아오면, 격한 방어 기술도 제대로 해보고 싶다."

무리하지 마, 다치면 말짱 도루묵이야, 하고 쓴웃음 섞인 추임새가 들어왔다. 뒤이어 병가가 이미 끝나 다니던 이벤트 기획사로 복귀했다는 가야노의 이야기를 시작으로, 근황을 보고하는 흐름이 되었다. 세무사인 다쿠마는 최근 고객과 있었던 재미난 일화를 들려주었고, 아오코는 강사로 있는 보습 학원의 원장과 냉전 상태임을 하소연했다.

"그래서, 겐겐은?"

자연스럽게 관심이 집중되어 겐야는 순간 말문이 막혔다. 거짓말을 한다, 하지 않는다, 얼버무린다, 솔직하게 말한다. 머릿속에서 다양한 선택지가 불꽃처럼 튀어 올랐다. 가능한 한 태연하게, 가벼운 말투가 되길 애쓰며 말했다.

"그게, 실은 얼마 전부터 몸이 좀 안 좋아져서 지금은 본가에서 지내."

거짓말할 기력은 없었고, 있는 그대로 몽땅 다 털어놓을 만큼의 결단력도 없었다. 어디까지나 상태에만 초점을 맞춰 이야기했는데 세 사람은 놀란 목소리를 냈다.

"뭐? 잠깐, 내 얘기 할 게 아니라 오히려 겐겐이 걱정인데?"

"아냐, 괜찮아. 걱정 마."

설명하기 어려운 일이란 게 태도에서 전해졌으리라. 가야노는 입을 다물었고, 그 이상 파고들지 않았다.

맥주 두 잔으로 눈가가 좀 발개진 아오코가 불쑥 말했다.

"나도 얼마 전까지 그랬어. 이런저런 사정으로 상황이 안 좋아져서, 2년 정도 본가에 가 있었어."

이번에는 겐야 쪽이 놀랐다. 세상 똑 부러지고 믿음직스럽다며 사회로부터 추앙받을 법한 아오코가 본가에 가 있었다고? 궁지에 몰린 모습을 상상할 수 없었다.

"어, 진짜?"

"응, 진짜. 다만 간 것까진 좋은데, 어른이 되면 가치관도 변하고 부모님이랑 의견이 안 맞게 되잖아? 결국은 대판 싸우고 도로 나와버렸어."

"어른이 되면, 누구에게나 각자의 사정이 생기는 법이지."

잔잔한 쓴웃음을 띤 가야노는 아마도 아오코에게 생긴 '이런저런 사정'을 알고 있는 것이리라. 그리고 그건 분명, 자신이 집 밖을 나갈 수 없게 된 경위와 마찬가지로 그리 간단히 설명할 수 있는 일이 아닐 것이다.

테이블 위에 아오코의 고통이 놓여 있다고, 겐야는 느꼈다. 경위도 원인도 모르는, 그저 괴로웠다, 어쩌면 지금도 괴롭다, 라는 상태가.

"……상황이 안 좋아서 본가로 갔는데, 도와주길 바란 부모님하고 다투게 된 거네. 진짜 너무 힘들었겠다."

적어도 자신은 부모님에게 미안한 마음을 느낄지언정 그들로부터 외면당했다고 느끼는 일은 좀처럼 없다. 행여 자존감이 떨어져 있을 때 심기를 건드린다면 견뎌낼 수 없을 것 같다.

신중히, 마음과 부합하는 말을 찾아 입 밖에 냈다. 눈을 휘둥그레 뜬 아오코는, 아무 말 없이 고개를 떨구더니 작게 한 번 끄덕였다.

술도 깰 겸 JR 역까지 걸어가겠다는 두 여자와 헤어지고, 겐야와 다쿠마는 지하철역으로 향했다. 역구내로 이어지는 계단을 내려갔다.

"아오상, 우는 줄 알고 엄청 졸았네. 그런 모습 처음 봐."

다쿠마가 멍하니 중얼거렸다. 겐야도 그러게, 하고 맞장구를 쳤다. 분위기가 울적해지자 문득 도장으로 가면서 나눈 대화가 머리를 스쳤다.

"다행이다, 일단은 건강해 보여서. 이제 가야농이 앞으로 어떻게 될지 모른다는 둥 불길한 걱정은 안 해도 되겠지."

재수 없는 소리 마, 하고 다소 타박하고픈 심정도 담아 말했다. 그러자 다쿠마는 당황한 기색으로 눈을 댕그랗게 떴다.

"엥, 뭔 소리래. 나 그런 말 안 했어."

"했어. 앞으로 어떻게 될지 모르니 불러줘서 다행이라는 둥."

"아니, 그건 그런 부정적인 의미가 아니고…… 모르면 답답하니까. 가야농이 쾌차할지, 아니면 아직 좀 힘들지……. 가야농뿐 아니라 아오상도 겐겐도 여러모로 사정이 있는 거잖아? 그게 앞으로 잘 풀릴지 어떨지 모르니 걱정되고 답답하다고."

"뭐, 그렇지."

그 '답답하다'는, 자신이 언제쯤 사회로 복귀할 거냔 질문을 받을 때마다 느끼는 어두컴컴한 감각과 같을 것이다. 그런 건 모른다. 모르기에 너무도 괴롭다. 다쿠마는 다시금 겐야의 눈을 쳐다보더니 턱을 살짝 당겨 끄덕였다.

"답답한 일인 만큼, 가야농이랑 아오상 둘이서만이 아니라 넷이서 견뎌내는 편이 낫겠다고 생각했거든. 어려울 때 기지를 발휘할 수 있고, 누군가 힘들어지면 교대할 수도 있잖아. 둘이선 주위를 살피기 어려워도, 넷이서라면 기회를 놓칠 필요가 없을지도 모르고. 불러줘서 다행이라는 건 그런 뜻에서 한 말이야."

견뎌낸다, 하고 입을 움직인 뒤 겐야는 어금니를 깨물

었다. 견뎌낸다. 저마다 끌어안은 문제를, 불합리함을, 불안을 다른 사람과 나누며 견뎌낸다.

그런 일이 가능할 리 없다. 학생 때는 확실히 동아리 내에서 생기는 문제의 대부분을 넷이 함께 공유하고, 대응책을 의논하곤 했다. 그러나 지금은 그 시절과는 다르다. 분명히 다를 터다.

알고 있는데, 입이 제멋대로 움직이고 있었다.

"실은, 방에만 틀어박혀 지냈어. 지난 1년 반 동안. 나가질 못 하겠더라고…… 전에 다니던 직장에서 이런저런 사정이 있었거든……."

무능했기에 미움받았다는 생각을 했을 뿐인데, 목구멍에 거대한 돌이라도 걸린 양 말이 나오지 않았다. 겨드랑이에 불쾌한 땀이 배었다. 그러자 다쿠마는 이상하다는 듯 고개를 갸웃거렸다.

"방에서 나왔잖아?"

"……오늘은 엄청 노력한 거야. 아닌 게 아니라 가야농 얘길 들으니 걱정돼서."

"겐겐 말야, 실은 되게 진지하고 착한 사람이지. 그런 점이 참 좋아."

"놀리지 마."

"놀리는 거 아냐. ……방에서 나가는 거, 지금도 싫어?"

돌직구 질문에 겐야는 미간을 찌푸렸다. 말로 표현할 수 없는 혼란과 고통과 수치의 소용돌이가 눈앞에 바싹 들이밀려 옅은 메스꺼움을 느꼈다.

"오늘처럼 반가운 멤버들끼리 보는 거면 몰라도, 바깥에서 책임지고 열심히 일하는 건 솔직히 이제 무리지 않나 싶어. 부모님한테는 정말 미안하지만……."

매일매일, 외출하기 전 저녁 메뉴를 물어 오는 엄마에게는 미안해서 결코 할 수 없는 말이었다.

"가, 가야농이 암이라고 들었을 때, 미안한 말이지만 내가 걸렸으면 좋았을걸, 생각했어. 투병 중인 상황이면 딱히 취직을 안 하든 집에 틀어박혀 있든, 남들이 농땡이 부린다는 생각은 안 할 거 아냐?"

"많이 힘든가 보네. 지금의 겐겐을 보고 농땡이 부린다는 녀석 있으면, 난 걔한테 정떨어질 거야. ……그나저나, 겐겐은 외동아들이었나?"

느닷없는 질문에 겐야는 눈을 껌뻑였다.

"……응, 외동."

"그렇구나. 집에 빚은 있어 보여?"

"아니, 대출금은 다 갚았을 테고, 없는 것 같은데."

"집이 어디더라? 가나가와지?"

"즈시. 역에서는 좀 걸어야 하지만."

"뭐야, 좋은 데 사네. 도내까지 전철로 한 번에 가고."

"뭐야, 왜 그러는데?"

"내가 세금 대책뿐 아니라 고객들 자산 운용 상담도 받고 있거든. 요즘 많아. 자신들이 죽고 난 다음, 집에 틀어박혀 지내는 아들딸을 어떡할지 고민하는 노년층 상담이. 그런 의뢰가 들어오면 일단 모든 자산을 조회해. 그리고 토지나 건물을 잘 이용해서, 집 밖을 안 나가는 당사자가 평균 수명까지 어려움 없이 지낼 수 있도록 함께 플랜을 짜는 거야. 아무리 머릴 굴려도 돈이 중간에 바닥나고 마는 케이스도 있지만 말야. 그런 경우엔 정규직으로 취직하세요, 가 아니라 한 달에 아르바이트로 이 정도의 돈을 벌면 이런 식으로 먹고살 수 있을 거예요, 라고 당사자에게 되도록 부담이 덜한 극복 방안을 제안하는 거지."

"……방에서 나오지 말고, 부모 돈을 써가며 살아남으란 거야?"

"물론 겐겐이 밖으로 나와서 자유롭고 즐겁게 돈 버는 것만큼 좋은 건 없지. 그래도 만에 하나 못 나가게 되더라도, 손에 든 패가 몽땅 다 떨어지는 건 아니란 뜻이야."

겐야는 어안이 벙벙했다.

그 방은 사회로부터 격리되어 있다고 생각해왔다.

그런데 사회에는 자신과 같은 처지인 인간이 끌어안은 문제를 해결하지 못했을 때, 자업자득이라며 외면하는 것이 아닌 다음 생존 전략을 함께 생각해보려는 발상이 있었던 것이다.

캄캄한 방에 한 조각, 바다유리를 닮은 틈이 벌어졌다. 그곳에서 햇볕에 데워진 따스한 바닷물이 콸콸 흘러들어왔다. 아직 바다와 이어져 있었다. 바다로부터 외면당한 게 아니었다.

마지막에 언뜻 신경 쓰인 건, 스스로 생각해도 몹시 하찮은 것이었다.

“부모님 돌아가시고 나서까지 얹혀사는 거, 뭔가 모양 빠지지 않아?”

샐쭉거리며 말하자 다쿠마는 푸핫, 하고 웃음을 터뜨렸다.

“그렇게 따지면 나도 지금 다니는 사무소 들어간 거 아빠 연줄인걸. 경기가 좋았던 시절도 어려웠던 시절도 있는 거니까, 그렇게 일일이 신경 쓰면 끝이 없지.”

“알아두고 있을게. 고마워.”

"응, 알아둬. —그럼 다음 주에 보자."

지하철에 올라타, 다쿠마는 플랫폼에 남은 겐야에게 손을 흔들었다. 겐야도 덩달아 다음 주에 봐, 하고 중얼거리며 손을 흔들어주었다.

그 뒤로 겐야는 일요일 오후 수련에 꾸준히 참가했다. 집을 나가기 쉬운 날, 나가기 어려운 날, 사람을 만나고 싶은 날, 만나고 싶지 않은 날로 하루하루가 천차만별이었지만, 컨디션이 좋지 않은 날은 주위 사람들과 별로 말을 섞지 않고 문어 수조를 바라보며 넘겼다.

부모님은 이로써 아들은 이제 괜찮아졌다고, 어깨의 짐을 내려놓은 눈치였다. 그러나 겐야는 일이 그리 쉽게 풀릴 성싶진 않았다. 여전히 취업을 의식했을 때 느껴지는 갑갑함과 기피감이 강했고, 일요일을 제외한 월요일부터 토요일까지는 거의 방을 나가지 않았다. 일주일에 한 번, 옛 친구들과 몸을 움직이는 습관이 생겼을 뿐이었다.

계절이 가을로 접어들 무렵, 여전히 다른 회원과의 교류가 성가셔 수조를 바라보고 있던 겐야에게 누군가 말을 걸어왔다. 늘 접수대에 앉아 있는 나이 지긋한 사무원이었다.

"너는 만날 문어를 쳐다보고 있네. 문어가 좋으니?"

"예?"

문어를 좋아한다기보다 대화를 발전시키지 않을 핑곗거리로 삼기 편해서 좋은 것인데, 과연 이렇게까지 쳐다보고 있다 보니 점점 애착이 가는 중이었다. 조개껍데기와 조약돌을 가지고 노는 성질 또한 아무리 봐도 질리지 않았다. 유리 너머로 팔을 구무럭대며 겐야의 손가락을 따라오기도 했다. 머리가 좋은 모양이었다.

"얘들은 내가 바다에서 잡아 온 건데, 얘하고 얘가 몸집이 작은 얘를 못살게 굴어. 원한다면 얘를 데려가 키우지 않을래?"

엇, 하고 겐야는 말문이 막혔다. 문어를 키운다고? 내가? 그런 일은 살면서 한 번도 상상해본 적이 없었다.

"아뇨, 집에 수조 같은 것도 없어서."

"키우고 싶음 세트로 저렴하게 살 수 있는 가게를 소개해줄게."

"으음……."

"뭐, 억지로 그러라는 건 아니니― 아아 어서 오세요, 이쪽에 성함을 적어주십시오."

사무원은 접수대로 다가온 방문객에게 웃으며 대응했다.

그날 밤, 겐야는 좀처럼 잠이 오지 않았다. 괴롭힘을 당한다는 작은 문어가 조약돌을 정성껏 늘어놓으며 노는 모습이 눈에 아른거렸다. 그리고 어째선지 전 직장의 풍경이 떠올랐다.

새로 들어온 유능한 상사. 그에게 빌붙는 사람들. 그리고, 되풀이되는 자신을 향한 매도. 센스가 없고, 만족스러운 결과를 내지 못하는 자신을 부끄러이 여기던 기억.

줄곧, 미움받은 건 자신의 탓이라 생각해왔다. 주위로부터 무능한 취급을 받는 사이 스스로도 자신을 그렇게 생각하게 되었다. 그곳에서 미움받은 자신은 이 세상 모든 곳에서 미움받으려니 싶어 두려웠다.

그런데, 어쩌면 그건 괴롭힘이 아니었을까.

그 사람은 내 능력과 상관없이, 회사 내에 자신의 파벌을 만드는 데 딱 좋은 샌드백으로 나를 이용했던 것 아닐까. 필요한 회의에 불러주지 않았고, 고객 앞에서 망신을 주었으며, 아르바이트생에게 험담을 흘렸다. 억울하고 비참해 견딜 수 없었다.

혼란과 고통과 수치의 소용돌이가 다소 사그라들더니, 이번에는 그곳에 분노와 슬픔이 뒤섞였다. 좋은 건지 나쁜 건지 모르겠다. 다만 겐야는 그날 밤, 힘들었어, 하고 스스로를 달래는 심정으로 조금 울었다. 그리고 문어를 키우기로 했다.

2주 후, 다쿠마에게 운전을 부탁해 도장으로 문어를 받으러 갔다. 돌아오는 길에는 근처 해안가에서 바닷물을 길었다. 바닷물로 수조를 채우고, 자갈을 깔고, 숨기 좋은 조그만 항아리를 두고, 마지막으로 가장 아끼는 바다유리 몇 개를 던져 넣었다.

"웬 문어래, 대체 무슨 바람이 불어서."

휴일을 반납하고 시간을 내준 다쿠마는 도통 이해가 안 간다는 양 고개를 갸웃했다. 귀엽잖아, 하고 겐야는 어깨를 으쓱했다.

조명을 반사해 옅게 빛나는 바다유리는, 햇볕이 잘 드는 봄 바다와 꼭 닮은 색채를 띠고 있었다. 우연이란 틈새를 비집고, 작은 문어는 겐야의 방으로 구물구물 미끄러져 들어왔다. 바다의 조각으로, 놀이를 시작했다.

나비가 팔랑

산 정상으로 가는 케이블카 탑승장 앞에는, 대충 보아도 200명 가까운 사람들이 줄을 이루고 있었다.

"어떡할까."

모리사키 아오코는 중얼거리며, 옆에 서 있는 가야노에게로 눈을 돌렸다. 친구는 으음, 하고 목을 둔하게 울리곤 케이블카 탑승장 옆에 설치된 안내판으로 향했다. 감색 맥시 스웨트 원피스에 요즘 유행하는 보아 블루종을 걸친 등이 멀어져 갔다. 와인레드 털모자와 같은 색상의 스니커즈가, 뒤에서 보면 유독 도드라져 예뻤다.

안내판에는 현 위치와 정상을 연결하는 케이블카 외에

도, 굽이굽이 휘어진 하이킹 코스 일러스트가 그려져 있었다.

“그렇게 안 힘들어 보이는데, 올라가 볼까? 이 정도면 20분 만에 도착할 것 같아.”

친구의 애매한 제안에 아오코는 그러네, 하고 맞장구를 쳤다. 줄 선 손님이 이렇게나 많아서야, 케이블카를 기다리기보다 두 다리를 직접 움직이는 편이 정상에 더 빨리 도착할지 몰랐다. 다행히 자신도 가야노도 돌아다닐 것을 예상해 활동하기 편한 차림을 하고 있었다. 부피가 큰 짐은 역 로커에 맡겼으므로 몸도 가벼웠다.

자판기에서 차를 산 뒤 줄지은 사람들에게서 벗어나, 케이블카 탑승장 외곽에 위치한 하이킹 코스로 향했다. 군데군데 땅이 꺼지고 크고 작은 돌들이 파묻힌 걷기 힘든 길이지만 경사는 그리 가파르지 않았다. 잘 보면 개를 산책시키거나 어린아이의 손을 잡은 가족 나들이객의 모습도 있었다.

“무리하지 말고 천천히 가자. 힘들면 말해.”

가야노는 지지난 가을, 유방암 수술을 받았다. 왼쪽 유방을 절제한 영향으로 한동안 왼팔이 잘 움직이지 않았고, 그 탓에 몸의 균형이 깨졌는지 극심한 요통을 얻게 되었다. 반년간의 항암제 치료를 끝낸 작년 봄부터, 팔 재활 운동 및 체력 단련 겸 학창 시절 신세를 진 합기도 도장을 일주일에 한 번 간격으로 다니기 시작했다. 그 덕에 몸 상태는 많이 좋아졌지만, 아오코는 지금도 가야노를 돌보는 습관이 몸에 배어 있었다.

"괜찮아. 강아지도 걸을 정도인걸."

가야노는 앞서 걷는 시바견의 뱅그르 말린 꼬리를 가리키곤, 경쾌하게 산을 오르기 시작했다.

새해 첫 수련을 마치고 돌아오는 전철에서, 사랑스러운 노랑 꽃을 지면 한가득히 피운 포스터 광고를 발견했다. 도내에서 특급 열차로 약 두 시간. 사이타마 현 서부 나가토로마치에 있는 납매원이 곧 개화 시기를 맞는다는 정보였다.

괜찮다. 가보고 싶어. 그 주변에 온천도 있어. 지치부의 와라지카쓰[사이타마 현 지치부 시의 명물로, 짚신(일본어로 '와라지') 모양의 돈가스가 올라간 덮밥—옮긴이], 한번 먹어보고 싶었어. 거품을 닮은 즉흥적인 생각을 주고받는 사이 마음이 내켰다. 두 사람 모두 마음이 허한 시기였다. 학원 강사 일을 하며 짬짬이 번역 아르바이트를 시작한 아오코는 신경을 다방면으로 써야 하는 상황에, 치료와 육아와 일을 저글링하는 가야노는 일상 그 자체에 지칠 대로 지쳐 있었다. 아름다운 걸 보고, 맛있는 걸 먹고, 온천에라도 들어가 한숨 돌리자. 전철 손잡이에 간신히 휘감긴 누더기 걸레 같은 상태로 약속하고, 2월 끝 무렵이 되어서야 서로의 일정을 조율할 수 있었다.

두 사람 모두 한계에 다다를 만큼 바쁜 일상에 쫓기고 있던 나머지, 목적지인 납매원이 작은 산 위에 있다는 사실을 전날 밤이 되도록 모르고 있었다.

"……도통 끝이 안 보여."

굽이진 산길을 아무리 올라도 자갈 섞인 비탈이 이어질 뿐, 도무지 정상에 다다를 기미가 없었다. 20분 정도일 거란 안일한 예측은 이미 20분 전에 빗나갔다. 땀으로 젖은 데님 천이 다리에 들러붙어 갑갑했다. 잠깐 쉬자, 하고 아오코는 산길 가장자리에 아무렇게나 늘어놓인 그루터기를 가리켰다. 앉는 등산객들이 많았는지 나무껍질이 매끄러운 그루터기에 걸터앉아 미지근해진 차를 마셨다. 들어간 수분만큼 온몸에서 땀이 솟아나는 듯했다. 두 사람 다 어느새 겉옷을 벗고 있었다.

가야노는 관자놀이부터 목덜미를 손수건으로 닦으며,

스마트폰 화면을 터치해 정보를 검색하기 시작했다. 5분도 채 지나지 않아 으엑, 하는 묘한 소리를 질렀다.

"이 산, 꼭대기까지 20분 걸리는 게 전혀 아니었어."

"헉, 얼마나 걸려?"

"어림잡아 한 시간. 천천히 올라가면 한 시간 반."

"꽤나 본격적인 등산이잖아."

"미안. 제대로 확인했어야 하는데."

"무슨. 나도 대충 보고 출발했는걸."

둘이 있으면 늘 이런 식이었다. 어디어디에 가고 싶다, 무엇무엇을 하자, 멀리 보이는 저 건물까지 걷자. 서로의 즉흥적인 생각대로 보내는 맥락 없는 휴일은, 어쩐지 호흡이 깊어지는 듯해 아오코에게 소중한 시간이었다.

비탈을 40분이나 올라온 만큼, 산길에서 조금만 얼굴을 돌려도 가까운 마을과 푸르게 물든 주변 산들이 내다보였다. 전망이 지나치게 좋은 나머지 아랫배가 조금 근질거렸다. 베테랑처럼 등산복을 입은 무리가 곰 쫓는 방울을 울리며 옆을 지나쳐 갔다.

"하아…… 덥다……."

절절히 깊은숨을 토해내며 가야노는 털모자를 벗었다. 귀가 예뻐 보이는 깔끔한 쇼트 헤어가 드러났다. 뒤이어

양쪽 관자놀이에서 고정쇠를 푸는 듯한 가벼운 소리가 나더니, 그 쇼트 헤어마저도 머리에서 스르르 벗겨졌다.

바로 옆에서 뜻밖의 동작을 목격한 아오코는 으앗, 하고 비명을 질렀다.

"뭐야! 그거 혹시 진짜 머리? 진짜 머리야?"

벗은 머리카락—밤색 의료용 가발을 손에 든 가야노의 머리엔 마치 고양이 털처럼 부드러워 보이는 3센티미터 정도의 검은 머리가 자라 있었다. 귀뿐만 아니라 이마도 관자놀이도 목덜미도 전부 다 드러나는 짧은 길이라, 이발소에 다녀온 초등학생 남자아이를 연상케 했다. 가야노는 놀라는 친구의 모습을 즐겁게 바라보며, 손가방에서 큼지막한 금색 오벌 귀걸이를 꺼냈다. 번쩍번쩍한 그것을 양쪽 귀에 단 순간, 초등학생 남자아이가 돌연 샤프한 멋쟁이로 변신해 신기했다.

뺨에 한쪽 손을 얹고 포즈를 잡은 가야노는 싱긋 웃었다.

"어때? 이상해?"

"이상하긴, 완전 좋아! 베리 쇼트도 너무 잘 어울려."

"다행이다. 야호, 진짜 머리 첫 공개."

"어, 밖에서 가발 벗는 거 처음이야?"

"응. 좀 더 기르면 벗을까 했는데, 덥고 간지러우니 됐어 이제. 바람 상쾌하다. ─혹시 모르니 뒷머리도 봐줘. 이상한 데 없어?"

"하나도 없어. 예쁘고 멋져."

"좋았어."

가발을 벗은 가야노는 피로를 잊은 듯했다. 기분 좋게, 자세를 살짝 앞으로 기울인 채 산길을 올랐다.

항암제 치료 부작용으로 머리가 빠질 가능성이 높다는 사실을, 막 수술한 가야노는 비교적 냉정히 받아들이고 있는 듯 보였다. 괜찮은 가발을 샀어, 무지무지 귀여운 털모자도 샀어, 올 테면 와보라지. 탈모를 대비해 장만한 아이템 사진과 함께 메신저 앱으로 보내왔던 씩씩한 문장을, 아오코는 지금도 기억하고 있었다.

그러나 막상 머리카락을 잃게 되고 나니 가야노는 우울감에 빠졌다. 온 세상은 크리스마스 시즌이었다. 나오짱도 데리고 도내의 커다란 크리스마스트리를 보러 가자, 라고 메시지를 보내도 답장이 없었다. 전화를 걸었더니 집 밖을 나가고 싶지 않다는 말을 했다. 백화점 지하에서 밀크티 맛 롤케이크와 스테이크 도시락, 어린이용 미니 햄버그스테이크 덮밥을 사서, 쉬는 날 가야노의 가족이 사는 아파트를 찾았다. 배려해준 모양인지 가야노의 남편은 외출해 있었다.

셋이 함께 점심 식사를 하고 케이크를 먹었다. 당시 다섯 살이던 나오가 프리큐어 극장판에 집중하고 있는 등을 바라본 채 "속눈썹이 빠졌어"라고 소파에 드러누운 가야노는 힘없이 중얼거렸다. 그녀는 리사 라르손의 고양이가 수놓인 털모자를, 테두리가 눈꺼풀에 닿을 만큼 푹 눌러 쓰고 있었다. 유방암 진단을 받은 후로 치료를 결정하고, 일을 조율하고, 큰 수술을 받고, 육아로 마음을 태우면서, 평생을 긍정적으로 살아온 친구의 몸과 마음에 금이 갔다. 빠진 속눈썹이 몹쓸 결정타가 되고 말았다. 아오코는 그런 느낌을 받았다.

하나도 안 이상해, 말 안 하면 몰라. 흔해 빠진 위로의 말을 건네려다, 관두었다.

"……인조 속눈썹 붙일래? 무지무지 예쁜 속눈썹, 찾아볼까?"

아마도 그런 문제가 아니겠지, 라고 말하면서 생각했다. 가야노는 무척이나 단순히 자신의 속눈썹이 빠진 사실을 슬퍼하고 있었다. 대체할 게 있느냐 없느냐의 문제가 아니라, 일어난 일 그 자체가 충격인 것이다.

10초 정도 침묵이 내려앉았다. 아오코는 가야노에게 그 이상의 대답을 기대하지 않았다. 그러나 가야노는 작은 목소리로 "속눈썹, 속눈썹, 속눈썹을 붙이자" 하고 한때 유행하던 노래(일본의 모델 겸 가수 '캬리 파뮤파뮤'의 곡—옮긴이)를 흥얼거렸다.

"붙이는 타입의 마법이야."

노래하며 팔을 무겁게 들어 올렸다. 테이블 위의 스마트폰을 쥐어 손가락을 놀렸다.

"……와, 진짜 있네."

봐봐, 하고 내밀어 온 화면엔 드러그스토어에서 미용 목적으로 파는 긴 인조 속눈썹과는 취지가 다른, 항암제 치료나 탈모증으로 속눈썹을 잃은 사람을 위한, 짤막하고 듬성듬성한 '자연스러운 인조 속눈썹'의 설명이 떠 있었다. 이런 상품도 있구나 싶어 아오코 역시 저도 모르게 숨을 내뱉었다.

"다양한 사람들이, 참 다양한 것들을 생각해왔구나."

"후후, 인조 눈썹도 있어. 굉장하다."

그 페이지를 북마크하고, 가야노는 입가에 웃음을 남긴 채 소파에서 몸을 웅크렸다. 선잠이 들기 시작한 친구를 곁눈질하며, 아오코는 나오와 나란히 카펫에 앉아 프리큐어 영화를 끝까지 보았다.

결국 그 뒤로 가야노는 인조 속눈썹과 인조 눈썹을 샀으려나. 아오코는 알 수 없었다. 지금 이 순간, 반걸음 앞서 산길을 걷는 친구의, 부드러이 빛나는 진갈색 속눈썹과 눈썹이 진짜인지 아닌지 확인하고픈 마음도 없었다.

다리가 무거웠다. 돌이나 쇠로 변해버린 듯 경직되어 있었다. 각자의 짐에 달린 손잡이를 세게 붙들고, 고개를 숙인 채로 비탈길을 올랐다. 쓰러지지 않도록 자주자주 휴식을 취했고, 한 시간 반 만에 겨우 정상에 다다랐다. 정상 직전의 오솔길은 특히 더 경사가 심해, 다 오를 즈음엔 숨이 턱 끝까지 차 있었다.

"더는 안 되겠어, 소프트아이스크림 먹자!"

하이킹 코스 출구 근처에 설치된 매점에서 아오코는 바닐라를, 가야노는 멜론 소프트아이스크림을 구입해 옆 벤치에 앉아 땀을 흘리며 먹었다. 케이블카로 정상에 올라갔다 내려온 무리가 두 사람 앞을 걸어갔다. 땀을 흘리는 사람은 아무도 없었다. 개중에는 화사한 펌프스를 신은 사람, 아기를 앉힌 베이비 캐리어를 가슴에 장착한 사람, 휠체어를 탄 사람도 있었다. 같은 산꼭대기에 있어도 나와 저들은 체감이 사뭇 다르겠지. 신기한 기분으로, 아오코는 그들을 눈으로 배웅했다.

소프트아이스크림을 먹고 잠시 휴식을 취한 둘은, 사람 물결을 타고 납매원으로 향했다. 이곳은 원래 목재용 삼나무를 벌채하고 난 터였다고 한다.

완만한 언덕을 오르자 드넓은 비탈이 나왔다. 거무스름한 가지에 설탕 공예 같은 꽃을 피운 납매나무가 시야 끝까지 심겨 있었다. 납매의 꽃잎 한 장 한 장은 반투명한 호박색이지만, 햇살이 비치면 내부에 빛을 머금어 전체가 밝은 노란색으로 빛나는 것이 몹시도 사랑스러웠다. 등산객들은 저마다 원하는 나무둥치에서 식사를 하거나 사진을 찍곤 했다.

"할머니 집 뜰에 심어져 있었거든. 그래서 어릴 때부터 좋아했어."

가야노는 신이 난 모습으로 이쪽저쪽에서 사진을 찍고 있었다. 바람이 불 때마다 그윽이 서늘함을 머금은 보드라운 향기가 코끝을 간지럽혔다.

"오길 잘했다."

입 밖에 내고, 아오코는 문득 가슴에 스미는 듯한 통증을 느꼈다. 4년 전 잃은 아이가 떠올라서였다. 아직 신생아였다. 작게 태어나, 신생아 집중 치료실 밖으로 나가지 못했다. 병원을 다니는 동안은 언젠가 벚꽃을 보여주고 싶다는 소망만을 간직하고 있었다. 인큐베이터 벽만이 아니라 눈앞의 풍경 같은, 이 세상에 존재하는 아름다운 것들을 그 아이에게 보여주고 싶었다.

그런 생각을 한 것만으로 슬픔이 쑤욱 수위를 높여 몸 안쪽을 가득 채웠다. 눈꼬리에서 눈물이 뚝뚝 흘러내렸고, 눈앞의 꽃이 의지가지없이 일그러졌다. 어느샌가 슬픔이 조그만 부적처럼 되어버렸다. 그게 있으면 진정이 된다. 방심하면 뻥 뚫려버리는 마음의 구멍이 메워져 안정된다. 심호흡을 하고, 아오코는 셔츠 소매로 눈물방울을 닦았다.

돌아갈 때는 산기슭까지 케이블카를 타고 내려왔다. 두 다리로 오르면 한 시간 반이었는데 내려올 때는 고작 5분이었다. 나가토로 역으로 돌아가 로커에 맡겨둔 짐을 찾았다. 전철 안에서 30분쯤 흔들리다 지치부 역에서 내려 세이부지치부 역으로 걸어갔다. 이 일대에서는 가장 큰 역으로, 역사 바로 옆에 푸드코트며 기념품 가게가 병설된 복합형 온천 시설이 있다. 이곳에서 느긋이 온천물에 몸을 담그고, 저녁을 먹고, 역 앞 비즈니스호텔에 묵는 것이 오늘의 계획이었다.

북적이는 기념품 가게를 가볍게 둘러보고, 와라지카쓰며 샤쿠시나(사이타마 현 지치부 시의 명물로, 다채와 비슷한 배추과 채소의 일종—옮긴이) 절임, 미소포테토(사이타마 현 지치부 시의 명물로, 찐 감자를 튀겨 달콤한 된장 소스를 뿌린 음식—옮긴이)에 곱창구이 등 과연 맥주와 잘 어울릴 법한 요리들이 줄지은 푸드코트를 지나쳐 갔다. 당장이라도 한잔하고 싶은 기분이지만, 우선은 땀을 빼고 싶었다.

온천 구역의 포렴을 걷고 들어서자 광이 나는 널찍한 복도와 여기저기 매달린 환한 초롱이 눈에 들어왔다. 과연 대형 온천 시설다운 화려한 분위기가 밀려와 흥이 올랐다. 신발장에서 신발을 갈아신으려던 참에, 아오코는 가야노가 입구에 멈춰 서 있단 사실을 깨달았다.

"왜 그래?"

잘 보니 얼굴이 좀 굳어 있었다. 그녀의 옆을, 관광객으로 보이는 큼지막한 가방을 멘 중년 남녀가 담소를 나누며 지나쳐 갔다. 그리고 뒤쪽에는 깔깔거리며 웃어대는 학생 무리. 걱정스러운 마음에 다가가자 가야노는 시설을 나가자고 손짓했다. 고개를 끄덕이고, 둘이 함께 포렴 앞으로 되돌아갔다.

"나…… 역시 관둘래."

"어, 정말?"

사전에 나눈 대화에서 가야노는, 수술 후 처음으로 온천에 가기 위해 왼쪽 가슴에 난 흉터를 가릴 수 있는 입욕복을 샀다며 기대하는 눈치였는데.

"입욕복 깜빡했어?"

"가져왔는데……."

"그럼 프런트에 입어도 되는지 물어보자. 괜찮다 그러면 입고 들어가면 되지."

가야노는 으음, 하고 작게 신음하며 미간 주름을 잡았다.

"프런트 직원이 괜찮대도…… 의료 종사자나 가족 중 유방암 환자가 있는 사람이면 몰라도, 모르는 사람이 보면 온천에 왜 옷을 입고 들어와 있나 할 거 아냐. 사람들한테 혼날까 봐 좀 무서워."

"혼날 일까진 아닌 것 같은데……."

어떠려나 싶어 아오코는 망설였다. 패션용이 아닌 피부와 거의 흡사한 색상의 입욕복이므로, '무슨 사정이 있어 입었겠지' 하고 군더더기 없이 배려해줄 것도 같다. 다만, 간혹 무례하기 짝이 없는 사람이나 지레짐작하는 사람은 이 세상에 분명히 있다. 난폭한 말을 들을 가능성이 제로는 아닐지 모른다.

"뭐라고 하면, 흉터가 있어서 그렇다고 설명한다든지."

"그건 좀……. 누가 물어보면 설명할 걸 각오할 바에야 안 들어가는 게 나아."

"으음……."

아오코는 정상에서 가발을 벗은 가야노가 너무도 홀가분해 보였으므로, 가능하면 온천에도 자유롭게 들어가 주길 바랐다. 오늘이라면 욕탕에서 가야노에게 난처한 일이 생겨도 자신이 도움을 줄 수 있다.

"차라리 입욕복 없이 들어가 버리면? 앞을 수건으로 가리고. 온천물에 잠기면 아무도 신경 안 쓸 거야."

가야노는 턱 언저리에 힘을 준 딱딱한 얼굴로, 아오코와 포렴과 관광객들로 북적이는 건물 안을 둘러보았다. 눈을 짧게 감았다 뜨고는, 고개를 좌우로 명확히 흔들었다.

아오코는 그래, 하고 힘이 풀리는 기분으로 수긍했다.

"알았어."

"아, 그래도 모처럼 왔는데 아오코는 온천 들어갔다 와. 난 짐도 둘 겸 호텔에서 샤워하고 올 테니까, 한 시간 뒤에 푸드코트에서 만나자."

"그래. 그럼 다녀올게."

여기서 사양한다 한들 별 의미가 없고, 가야노의 마음

을 불편하게 만들 뿐이리라. 아오코는 휙 하고 한쪽 손을 든 뒤 포렴을 걷고 들어섰다.

요금을 지불하고, 수건을 빌려 탈의실로 들어갔다. 휴일인 만큼 손님은 많았다. 옷을 벗고 욕탕으로 들어가니 샤워 공간의 8할 가까이가 사용 중이었다. 동년배로 보이는 덩치 큰 여성과, 어린아이를 달래가며 목욕하는 할머니 사이에 앉아 머리를 적시고 샴푸 거품을 냈다.

이내 양옆 사람의 몸매가 어떤지 따위에는 아무 관심도 없어졌다. 분명 주위 사람들도 마찬가지이리라. 애인이나 배우자도 아닌 남의 알몸에 구태여 흥미 따윈 갖지 않는다. 가야노는 역시 지나치게 신경 쓰고 있다. 두 명의 국민 중 한 명은 암에 걸리고, 열한 명의 여성 중 한 명은 유방암에 걸리는 시대다. 전혀 특이한 일이 아니다. 입욕복이나 흉터를 보더라도 무슨 사정이 있으려니 생각하고 말 것이다. 곰곰이 생각해보면서 노천탕으로 향했다. 널찍한 탕에 몸을 담갔다. 물결치는 수면은 오후의 하늘을 비춰 파르무레했다.

가야노도 함께 들어왔음 좋았을 텐데. 침대탕도 항아리탕도 탄산천도 근사했다. 산행으로 노곤했던 몸이 풀어져 가는 듯한 개운함에 한숨을 흘리며, 아오코는 노천탕을

오가는 숱한 여성들의 알몸을 바라보았다. 중간에 사우나와 기포탕에 들어가 온몸을 구석구석 데운 뒤 탈의실로 돌아갔다.

빌린 수건으로 젖은 머리칼을 닦다, 퍼뜩 벼락이라도 맞은 듯 깨달았다.

두 명 중 한 명이 암에 걸리는데, 열한 명의 여성 중 한 명이 유방암에 걸리는데. 그 밖에도 이 세상엔 치료며 수술을 필요로 하는 무수한 병이 있는데. 북적이는 온천 시설의 욕탕, 노천탕, 사우나까지 아오코는 어림잡아 쉰 명 가까운 여성의 알몸을 보았지만, 몸에 흉터가 있는 사람은 단 한 사람도 없었다. 이곳에 없는 그녀들이 남의 눈을 피해 살아가고 있다는 사실조차 오늘이 되도록 모르고 있었다.

참혹한 기분으로 포렴을 빠져나와 온천 구역을 나갔다. 거의 만석인 푸드코트에서는, 선명한 미모사가 프린트된 스웨트셔츠로 갈아입은 가야노가 한 손에 맥주를 들고 입 안 가득 와라지카쓰를 집어넣고 있었다.

"이제 술 마셔도 돼?"

그녀의 맞은편 자리에 짐을 두고 물었다.

"응, 과음은 안 하고 이런 데서 가볍게 마시는 정도로."

"나도 사 올게."

미소포테토와 샤쿠시나 교자, 된장 돼지고기 덮밥 등 명물 위주로 요리를 사 와 둘이 함께 맥주를 마셨다. 아오코는 그동안 불안으로 가득 찬 암세포의 거처, 흉터가 생긴 쓰라리던 곳, 요통의 도화선, 지금은 어찌어찌 해결된 부분이라는 뜻으로밖에 친구의 유방에 대해 생각해오지 않았음을 깨달았다. 그 살덩어리 하나가 있고 없음이 우리에게 얼마만큼의 영향을 미치는 것일까.

맥주를 마셨다. 아까 오른 산 이야기와 납매 이야기, 산책하던 개들 이야기를 했다. 곰 쫓는 방울 이야기와 곰에게 습격당하면 어떻게 해야 하더라, 같은 이야기를 했다. 중간부터 맥주잔을 사기잔으로 바꿔 들었다. 아오코는 가야노에게, 그녀가 잃은 것에 대해 물어보고 싶은 마음이 들었다. 그것을 잃었다고 생각하는지 아닌지를 비롯해. 그러나 거칠고 무신경한 질문이 되지 않을 말을 어떻게 골라야 할지 알 수 없었다.

잃은 것에 대해서만 생각하던 시기가 아오코에게는 있었다. 딸 나기사를 잃은 직후의 몇 달은 내내 그랬다. 몸을 일으키고 있기가 괴로워 다다미나 마룻바닥에 종일 엎드려 있었다. 우중충하고 묵직한 무언가가 몸을 짓누르고 있는 것만 같아 숨이 잘 쉬어지지 않았다.

잃었다, 없다, 있지 않다, 이제 없다. 그렇게 저주처럼 되풀이되는 폐쇄된 시간이 끝난 건, 자신의 손이 나기사의 감촉을 기억하고 있음을 깨달은 때였다. 인공호흡기에 연결된 나기사의 등은 뜨겁고, 반드럽고, 근사했다. 자신은 잃은 게 아니라, 그 근사한 것을 두 달 동안이나 만져볼 수 있었던 것이다. 그리고 나기사가 준 그 감촉을, 자신은 평생토록 잃지 않는다. 있고 없음이 뒤집히며 살아갈 수 있게 되었다. 나기사와 함께 살아간다. 그것이 엄연한 사실이 되었다. 엄마에게 그 이야기를 하자 정신이 나갔다며 탄식했다. 지금은 입 밖에 낸 자신의 잘못이란 생각이 든다.

있는 것과 없는 것은 닮았다. 그곳에 '있는' 것은 항상 몇 퍼센트의 '없음'을 존재 안에 포함하고 있다. 마찬가지로 그 어떤 '없음'에도 항상 몇 퍼센트의 '있음'이 혼재해 있다. 아오코는 늘 그런 생각을 하며 부모를, 업무 상대를, 가야노를, 출산 계획의 불일치로 헤어진 남편을 바라보고 있었다. 남편은 지난해 재혼을 했다고 겹치는 지인으로부터 들었다. '있음'과 '없음'의 균형이 희미하게 흔들렸다. 그럼에도 그는 아오코의 내부에서 '없음'이 되진 않았다.

선악조차 판가름할 수 없는 어떤 조각들이 줄곧 존재했다. 그가 자신이 아닌 사람을 사랑하고, 나기사가 아닌 아이를 끌어안아도, 여전히.

다음 날은 세이부지치부 역 주변 가게들을 둘러보다 돌아가기로 했다. 평소처럼 즉흥적으로 저쪽으로 가볼까, 하며 오하나바타케 역 방면으로 걷기 시작했고, 돌바닥이 가지런히 깔린 넓은 거리로 들어섰다. 보아하니 지치부 신사의 참배길인 모양이라 관광객용으로 상품 사진이 인쇄된 컬러풀한 세로 깃발이며, 오늘의 추천 메뉴 따위가 적힌 입간판이 잔뜩 나와 있어 떠들썩한 분위기였다. 처마 밑에 벤치가 놓인 작은 빵집에서 베이글을 사고, 그 대각선 맞은편의, '다이쇼 5년1916년 개업'이라 적힌 간판에서 박력이 느껴지는 정육점으로 들어가 민스 커틀릿을 샀다. 샛길로 들어서니 멋스러운 카페며 국숫집, 공예품점 등이 줄지어 있어 지루할 틈이 없었다.

이쪽으로 가자, 저쪽으로 가자, 하며 샛길을 돌아다니다 보니 어느새 제법 후미진 곳까지 들어와 있었다. 돌바닥 길로 돌아가자고 얼굴을 마주 본 순간, 문득 도로 반대편을 걸어가는 현지인으로 보이는 여성이 눈에 들어왔다. 샌들을 걸쳐 신은 스웨트셔츠 차림으로, 어린이용 마트 바구니 같은 것에 샴푸 통을 넣어 들고 가고 있었다. 여성은 두 채 늘어선 희끄무레한 건물의 오른쪽 미닫이문을 열더니 스르르 안으로 들어갔다.

"어, 저긴 뭐 하는 데지."

그렇게 말한 순간, 두 개의 문 위쪽에 '남탕', '여탕'이라는 부채꼴 모양의 간판이 걸려 있음을 알아챘다.

"목욕탕?"

"……그런가 봐. 방금 문 열릴 때 카운터가 보였어."

가야노의 말이 채 끝나기도 전에 이번에는 왼쪽 문이 가볍게 열리더니, "그럼 또 올게요! 고마워요" 하고 카운터에 인사하는 땅딸막한 체구의 중년 남성이 나왔다. 긴소매 셔츠에 솜 조끼를 껴입은 그 남성은, 가게 앞에 서 있던 자전거에 올라타 경쾌히 그곳을 빠져나갔다. 뒤이어 오른쪽 문이 열렸고, 이번에는 허리 굽은 노부인이 조용조용 나왔다. 고급스러운 페이즐리 무늬의 장바구니 캐리어를 밀며, 슈퍼마켓 방향으로 천천히 걸어갔다.

"동네 사람들이 정말 편하게 드나드는 목욕탕 같네."

철이 들고부터 목욕탕이라 불리는 시설과는 연이 없었으므로, 아오코에겐 신기하게 느껴졌다. 하지만 그뿐이었다. 그래서 마음이 사로잡힌 듯 오른쪽 미닫이문을 바라보는 가야노의 모습을 발견하고 깜짝 놀랐다.

"나, 저기 들어가고 싶어."

"뭐? 갑자기 왜?"

"저 목욕탕은, 일상의 연장 같은 느낌이라 들어가기 쉬울 것 같아. ……갑자기 미안. 괜찮으면 아오코는 어디 다른 가게에 들어가 있어. 이따 바로 갈게."

"아니야, 그럼 나도 같이 들어갈래. 목욕탕은 처음이라 재밌을 것 같아."

어차피 마음 내키는 대로 흘러가는 여행이다. 예정에 없던 일 역시 즐겁다. 가야노는 작게 웃은 뒤 손을 잡아주었다. 조금 긴장된 마음으로 둘이 함께 여탕 미닫이문을 열었다. 바로 왼편에 신발장과 카운터가 놓여 있었고, 카운터에는 눈부신 미소의 여성이 앉아 있었다.

"어서 오세요."

"처음 왔는데 괜찮나요? ……두 명이에요."

가야노가 두 손가락을 세웠다. 여성은 그럼요, 그럼요, 하고 끄덕였다.

"신발은 거기 넣어요. 요금은 이렇게 되고요."

그렇게 말하며 요금표를 가리켰다.

"죄송하지만, 수건을 빌릴 수 있을까요?"

"무명 수건도 괜찮으면 가져가세요."

신발을 벗고 가리개용 칸막이 옆을 지나 나무판자를 덧댄 탈의실로 들어갔다. 깔끔하고 아담한 공간이었다. 안마 의자, 선풍기, 곁에 드라이어가 놓인 거울이 각각 하나씩. 어항 안에서 송사리가 헤엄치고 있는가 하면 단골손님 것으로 보이는 이름 적힌 샴푸 린스가 늘어놓여 있는 등 서민적인 분위기가 풍겼고, 100엔짜리 로커 위에 큼지막한 바구니가 겹쳐 놓여 있었다. 로커에 귀중품을 넣고, 탈의용 바구니를 하나 빌려 옷을 벗었다.

먼저 옷을 벗은 아오코는 가야노의 거동을 지켜보고 있었다. 부드러워 보이는 노 와이어 브래지어와 팬티만 걸친 가야노는, 벗은 옷을 넣은 캔버스 백팩에서 연주황색 입욕복을 꺼냈다. 그걸 몇 초간 바라보다 카운터를 돌아보았다. 그러나 남탕 쪽에 무슨 볼일이 생겼는지 아까 그 여성은 자리를 비우고 있었다.

욕탕 안에서는 여탕 미닫이문을 먼저 통과했던 한 여성이 탕에 몸을 담그고 있었다.

"……됐다."

가야노는 혼잣말처럼 말하더니 입욕복을 도로 백팩에

집어넣었다. 재빨리 브래지어와 팬티를 벗고는 빌린 무명 수건으로 앞을 가렸다. 그녀의 왼쪽 가슴은 납작했고, 중앙부터 겨드랑이 밑을 향해 가느다란 흉터가 나 있었다. 지난날 함께 온천에 들어갔을 때 본 그녀의 가슴과는 확연히 달랐다. 아오코는 그렇게 받아들였고, 그 밖의 무슨 다른 생각이 드는 것도 아니었다. 큰 수술도, 그 후의 치료도 고됐으리라. 수만 가지의 것들을 끌어안고 오늘날까지 살아온 가야노가 참 대견하다고, 우러러보듯 생각했다.

욕탕으로 들어갔다. 정면에는 시원스러운 후지산 그림이 그려져 있었다. 노란 케로린 세숫대야(바닥에 '케로린'이라는 해열 진통제의 광고가 새겨진 노란색 세숫대야로, 일본 대중목욕탕에서 흔히 볼 수 있는 물건—옮긴이)를 빌려 둘이 나란히 샤워기 앞에 앉았다. 애초부터 온천에 들어가지 않을 가능성도 생각해두었는지, 가야노가 챙겨 온 여행용 투인원 샴푸와 보디 클렌저를 아오코도 빌려 썼다. 가야노는 무명 수건을 몸에서 걷어내고, 보디 클렌저로 거품을 내 손바닥으로 몸을 씻어나갔다. 탕에 있는 여성은 둘에게 별 관심을 보이는 기색도 없이, 환한 빛이 드는 간유리 창을 바라보다 마지막에 샤워기로 몸을 가볍게 씻은 뒤 조용히 욕탕을 나갔다.

자잘한 타일을 붙인 탕에는 연갈색의 약물이 채워져 있었다. 나란히 어깨까지 몸을 담그고 한숨을 돌렸다.

"드디어 같이 들어왔네."

아오코가 눈을 들여다보며 웃자, 가야노는 약간 수줍음이 섞인 얼굴로 끄덕였다. 목욕탕에는 정말 후지산이 그려져 있구나, 케로린 실물로 처음 봐, 하며 편안한 마음으로 떠들다, 자연스레 대화가 끊긴 그 한 호흡 후.

"유방 재건은 어떻게 하겠냐고 묻더라고. 수술 설명 들을 때."

마치 잡담이 이어지듯 가야노는 평온한 목소리로 말을 꺼냈다.

"그래서…… 필요 없겠다고 생각했어. 앞으로 나오 동생 낳을 계획도 없고, 난 내 가슴에 크게 연연하지 않았으니까. 살아가는 과정 중 필요해서 생긴 흉터인데 뭐 어때, 생각했지. —그리고 잘은 설명할 수 없지만, 이제야 좀 가슴에서 해방된 기분도 들었어."

"해방?"

응, 하고 가야노는 아랫입술을 조금 내민 채 끄덕였다.

"유방 재건을 설명하는 팸플릿에 여러 얘기들이 쓰여 있었거든. 재건을 선택한 사람들의 후기를 소개하는 섹션에서 여성으로서의 자신감을 되찾을 수 있다든가, 티셔츠나 수영복을 입을 수 있다든가, 아이와 같이 목욕을 할 수 있다든가……. 아니, 가슴이 없어도 아이랑 목욕은 해도 되잖아. 티셔츠든 수영복이든 입으면 그만이지. 내 가슴이 좋아서 날 위해 재건한다면 모를까, 가슴이 없으면 여자가 아니라서, 남한테 보여줄 만한 상태가 아니라서, 그래서 수술한다는 분위기는 좀 싫더라고."

"맞는 말이야."

"가슴을 두고 이렇게 좋고 나쁨을 가리는 분위기는 수유할 때하고 똑같아. 젖이 많이 나오는 가슴은 좋은 가슴이고, 잘 안 나오는 가슴은 노력이 부족한 가슴이니 아기 엄마, 좀 더 힘을 내봐! 더 열심히 마사지하고 아기한테 더 열심히 물려야지! 하는 것처럼. 난 모유량이 그렇게 많은 편도 아니었고, 나오도 빠는 힘이 약해서 좀체 필요한 양만큼 마시질 못했거든. 말 그대로…… 지옥이었지."

수유란 단어를 듣기는 오랜만이라고, 아오코는 생각했다. 그리고 거의 자동적으로 자신의 체험을 떠올렸다. 예정일보다 두 달이나 이른 출산으로 마사지를 해도 좀처럼 초유가 나오지 않았다. 유두에 간신히 맺힌 흰 물방울을 스포이트로 빨아들여 신생아 집중 치료실로 보내곤 했다.

나기사에게 젖을 물린 건 세상을 떠나기 전 2주 정도로, 그전까지는 줄곧 혼자서, 밤중에도 자명종을 맞춰두고 세 시간 간격으로 유축기를 사용했다.

조금 더 물려주고 싶었다. 그 뒤에 지옥이 펼쳐져 있었을지라도, 나기사와 함께 맞서보고 싶었다.

—아무 의미도 없는, 그저 슬퍼지기만 할 뿐인 공상이었다. 생각하지 말 걸 싶으면서도 가슴속에 답답함이 부쩍부쩍 부풀었다. 가야노의 존재가 멀어졌고, 탕에 붙은 타일이 희미하게 아른거렸다.

"그래서 내 가슴에 대해 더 이상 좋고 나쁨을 따지고 싶지 않다, 흉터가 있고 납작하더라도 100점짜리라고…… 아오코?"

"미안, 아무렇지도 않아, 정말이야……."

슬픔이 방해가 된다고, 아오코는 생각했다. 슬픔은 이 세상에 존재하는 유일한 내 편처럼 어깨를 내어주곤 하지만, 지금 이 순간은 쓸모가 없다. 세상과 나 사이를 갈라놓고 만다.

"아오코, 미안. 내가 뭐 무신경한 말 했어?"

"정말 아니야. 내 문제야. 가야노는 신경 써가며 얘기할 필요 전혀 없어. ……잠깐, 1분만 기다려주라. 지금 하려던 말, 절대 삼키지 마."

숨을 깊이 들이마셨다가 천천히 내뱉었다. 약탕의 향기가 콧구멍으로 흘러들었다. 노란 케로린 세숫대야를 바라보았다. 탕에 붙은 타일 한 장씩을 눈으로 쫓았다. ―지금, 눈에 비치는 것 중 슬픈 존재는 하나도 없다. 관광지에서 친구와 목욕을 하고 있다. 좋은 시간이다. 근사한 시간이다. 그걸 확인하니 눈물이 멈추었다.

"……됐다, 그럼 이어서 말해줘."

"영화 찍을 때 슬레이트 치는 것도 아니고. 무슨 얘기 중이었는지 까먹었어."

"뭐더라, 가슴이 100점짜리라느니."

"아아…… 그러니까 난, 지금 이 몸으로도 100점이라고. 다만 세상에는 다양한 사람들이 있잖아. 나랑 가치관이 다른 사람을 어떻게 마주해야 할지 어제는 아직 감이 안 왔었거든. 오늘, 제일 처음으로 이 목욕탕에 들어오길 잘했어. 같이 와줘서 고마워."

"별말씀을요!"

씩씩하게 대답하자, 가야노는 눈가 주름을 잡으며 웃었다.

어느새 몸이 익을 대로 익어 있었다. 벌겋게 달아오른

서로의 몸을 보고 웃었다. 탈의실로 돌아와 선풍기 바람을 쐬며 옷을 입었다. 두 사람과 엇갈려서 옷을 벗기 시작한, 엄마와 함께 온 초등학생 여자아이가 놀란 얼굴로 가야노의 가슴을 보았다. 하지만 가야노는 신경 쓰는 기색 없이, 무명 수건으로 피부의 물기를 정성껏 닦은 뒤 제 몸에 브래지어를 둘렀다.

목욕탕을 나오니 꽃 내음 나는 바람이 스쳐 갔다. 매화일까, 아니면 납매일까. 가까이에 피어 있는 듯했다.

"아까 본 수제 맥줏집으로 갈까?"

"좋지."

옅은 바람이 어루만질 때마다 몸이 점차 가벼워졌다. 자신도 가야노도 변해간다. 몇 년 후면, 사람보다도 나비에 가까운 생명체가 되어 있을지 모른다.

돌바닥 거리로 나왔다. 아오코는 가야노의 손을 잡고, 마지막 몇 걸음을 깡충깡충 뛰어서 맥줏집으로 들어갔다.

따뜻해지는 로봇

✶

핥으면 소다 맛이 날 것 같은 연하늘색 유아용 이불을 박스에 집어넣으며, 하나다 다쿠마는 혼란스러워하고 있었다. 어제까지만 해도 침실 한 귀퉁이를 차지하고 있던 수많은 물건—광목 소재의 내복이, 비행기 자수가 동그스름히 놓인 턱받이가, 수유용 케이프가, 뒤집기 방지 쿠션이, 흘린 음식이 금방 닦이는 플라스틱 소재의 아기 의자가 이 방에서 사라진다. 사라진다고 한다. 왜? 딸아이가 한 살 반까지 안겨 있던, 후줄근한 아기띠를 상자에 넣자 저도 모르게 눈물이 쏟아져 내렸다. 자신의 손이 빚고 있는 현상과 그 원인, 정말이지 다양한 원인과의 인과 관계가 잘 인식되지 않았다. 무슨 일이지? 무슨 일이 벌어진 걸까. 어째서 나는 그 애들을 보지 못하는가.

10대의 자신이라면 빈껍데기가 되어 주저앉아 있었을 것이다. 그러나 유감스럽게도 다쿠마는 사회의 일원으로 작동하는 것이 몸에 밴 서른세 살. 자신의 감정을 제쳐두고 눈앞의 업무를 묵묵히 처리해나가는 시스템이 체내에 탑재되어 있었다. 좌우간 이 사랑스러운 물건들을 상자에 채워, 머나먼 그곳으로 보내야만 한다. 지금 이 순간에도 우리 애들이 필요로 하는 물건이므로. 그들의 땀을 흡수하고, 잠자리를 보호하고, 식사를 보조하는 중요한 물건들. 머리에 떠오르는 모든 물건을 채워 넣고, 다쿠마는 상자를 부둥켜안았다.

은은한 종이 냄새와 풀인지 뭔지의 시큼한 냄새가 코끝을 스쳤다. 나는 보러 갈 수 없지만, 이 박스는 애들 곁으로 갈 수 있다. 태어난 지 넉 달 된 아들 유세이도 손을 댈지 모른다. 하기야 안나라면 아기가 막 도착한 짐을 만지게 놔두는 경솔한 짓은 하지 않으리라. 상자에는 살균 스프레이가 뿌려지고, 이틀 사흘은 현관에 방치될 것이다. 배달 시 부착되었을지 모르는 신종 바이러스가 죽을 때까지.

상자는 현관으로 들어갈 수 있는데 왜 나는 안 되는 걸까. 모르겠다. 차분한 상태로는 얼추 알 것 같은 기분이 들다가도 여유가 사라지면 알 수 없게 된다. 코를 훌쩍이곤, 직 소리를 내며 박스 테이프를 붙였다.

유세이가 태어난 3월 한 달 동안은, 안나와 아이들과 거의 매일 밤 영상통화로 이야기를 나누었다. 네 살배기 딸 지아키는 "아빠가 없어서 슬퍼"라며 울어주었고, 안나는 보동보동 보름달처럼 빛나는 유세이의 잠든 얼굴을 카메라 가까이 가져가 보여주었다. 출산으로 인해 친정에 가 있는 기간은 2월 중순부터 석 달간일 예정이었다.

"유세이 어린이집, 지아키랑 같은 데로 들어갈 수 있으려나 몰라. 얼른 가서 신청 서류를 준비해야겠어."

매일의 수유로 잠이 부족한지, 눈 밑에 짙은 다크서클을 단 안나는 그렇게 말했었다.

그러나 4, 5월, 전 세계에 신종 바이러스 감염이 폭발적으로 확산되면서, 도시에 따라선 하루 사망자 수가 천 명에 육박하는 이상 사태가 발생했다. 일본 대도시 역시 언제 그런 상황이 될지 알 수 없었다. 나날이 발표되는 감염자 수의 가파른 상승세 앞에서 온 나라가 비관적인 분위기에 휩싸였다. 수출입이 제한되고 해외 출국이 금지되며 경제는 크게 침체되었다. 정부에서는 불필요하고 긴급하지 않은 외출과 지역 간 이동을 자제하도록 요청했다. 학교, 유치원, 어린이집 모두 휴교에 들어가고 재택근무가 권장되어 거리에는 인기척이 사라졌다. 불과 몇 달 뒤의 미래에 무엇이 기다리고 있을지, 사망자 무더기일지, 현 상황에서 한 발짝도 진척되지 않은 스트레스로 가득한 잿빛 나날일지, 아니면 마치 팬데믹 같은 건 없었다는 듯 평화로운 여름이 찾아올지 그 누구도 알 수 없었다.

긴급 사태 선언으로 이동이 여의치 않아, 안나와 아이들의 귀가 일정은 완전히 무산되었다. 안나는 아이를 밖으로 내보내선 안 된다는 압박감에 잔뜩 짓눌려 있었다. 근처를 산책하는 일은 허용됐지만, 아이를 데리고 공원에 나갔더니 모르는 사람이 대뜸 "집 밖을 나오면 어떡해!" 하고 호통을 쳤다는 등 아이와 젊은 엄마가 힐난의 대상이 된 일화는 여기저기서 눈에 띄었다.

밖에서 놀지 못하니 밤에 잠을 자지 않는다, 바이러스에 대한 불안감으로 지아키가 생떼를 부린다, 유세이의 배앓이가 심하다. 영상통화나 메신저 앱으로 늘어놓는 안나의 하소연을 받아주며, 다쿠마는 다쿠마대로 조바심이 났다. 화면 너머의 유세이가 부쩍부쩍 자라난다. 이럴 줄 알았으면 세무사인 자신에게 확정 신고가 있는 3월이 아무리 바쁘더라도, 긴급 사태 선언이 내려지기 선 하루쯤 억지로 휴가를 내고 보러 갈 걸 그랬다. 직접 유세이의 몸을 끌어안고, 정수리의 냄새를 맡고, 피부의 온도를 실감하기까지 앞으로 몇 달을 더 기다려야 하는 걸까. 지아키를 못 보는 것도 괴로웠다. 잠을 재울 때 지아키는 짧고 보드라운 팔을 힘껏 뻗어 다쿠마의 목을 끌어안는다. 그 포옹의, 가슴이 죄이는 연약함. 아이의 잠든 숨에서 풍기는 구움과자 같은 냄새.

그곳으로 당장 달려가고 싶어도, 감염자 수가 많은 도쿄에서 지방으로 넘어가기엔 리스크가 컸다. 무증상이더라도 감염되었을 가능성이 있는 병이다. 만에 하나 자신이 감염된 상태였다면 안나와 애들뿐 아니라 베이커리 카페를 운영하는 안나의 부모님과 가게 손님들에게도 폐를 끼치게 된다. '가급적 장인 장모님의 힘을 빌려라', '모든 일을 완벽하게 소화할 수는 없다'. 그런 말뿐인 위로로는 도움이 되지 않았던 것이리라. 안나의 연락 빈도는 점차 줄어갔다.

일은, 이러나저러나 바빴다. 융자 및 지원금 관련 고객 문의가 잇달아, 다쿠마는 재택근무 중에도 일주일의 절반은 사무소로 출근했다. 경영 관련 상담도 늘었는데, 개중에는 할 말을 잃을 정도로 심각한 케이스도 있었다. 오래된 민가를 개조한 여관이 도산하고 만 고객이었다. 그 여관은 연초 올림픽을 즈음해 대욕탕 리모델링을 막 끝낸 참이었다.

산더미 같은 서류 업무와 씨름하다, 퍼뜩 재택근무를 마친 깊은 밤 제정신이 들었다. 자신이 마치 출구도 없는 비좁은 방에 갇혀 있는 듯한 답답함이 느껴졌다. 미래가 보이지 않는 것, 미래에 좋은 일이 있으리라 확신할 수 없는 건 이다지도 괴롭다.

뇌가 바짝 긴장해 잠이 올 성싶지 않았다. 스마트폰으로 AV 몇 편을 시청한 뒤 욕실로 향했다. 포근하고 따스한 기분으로 가득 차 편안해지고 싶은데 잘 되지 않았다. 30대에 들어서면서 갑자기 자위가 어려워졌다. 이보다는 더 즐거운 행위였음이 분명하건만, 생각처럼 되지 않아 실망하거나 피폐해지는 확률이 높아지고 있었다.

아아, 봉긋하고 탄력 있는, 좋은 향기를 뿜는 여성의 몸이 있었으면. 빰을 살짝만 가져다 대도 제 몸에 달린 제한기가 떨어져 나가 절정에 이를 수 있으리란 예감이 들었다. 오늘도 틀려먹었다. 가벼운 통증과 나른함을 느끼기 시작한 성기에서 손을 떼었다. 머리를 감고 몸을 씻은 다음 욕실을 나왔다. 냉장고에서 맥주를 꺼냈다. 늘어나는 체중이 걱정스럽지만, 외출도 못 하고 사람도 못 만나는 지금은 스트레스를 풀어줄 존재가 술밖에 없었다. 목욕 중일 때 메시지가 들어왔는지, 불빛을 깜빡이는 스마트폰을 손에 들었다. 메시지의 발신자는 하나다 안나.

[그럴 리 없는 거 아는데, 바람피우는 거 아니지?]

번쩍번쩍한 식탁용 나이프가 들이밀린 기분으로 [아닙니다] 하고 공손히 답장한 뒤, 스마트폰을 테이블 위에 내려놓았다.

6월은 상황이 조금 나아졌다. 일일 감염자 수가 줄어들기 시작한 것이다.

그와 동시에 친정에 가 있는 안나와 아이들의 상황에도 변화가 생겼다. 고등학교 친구가 같은 지역에서 육아 중인 사실을 알게 되어, 아침저녁으로 사람이 적은 시간대에 아이들을 데리고 나와 공터에서 놀게 하는 습관이 생겼다고 한다. 놀기 전후로 손을 철저히 씻고, 공놀이나 줄넘기처럼 서로의 거리가 확보되는 놀이를 하는 등 주의해야 할 점은 많지만, 그럼에도 불안감을 나눌 수 있어 마음이 무척 편안해졌다고, 안나는 오랜만에 표정을 누그러뜨리며 말했다.

지아키는 새 친구 이야기, 온라인으로 시작한 영어 회화와 댄스 레슨 이야기를 자주 했다. 이제 막 배운 영어 노래도 가르쳐주었다. 유세이는 흔들면 사각사각 소리가 나는 기린 인형의 꼬리를 신나게 물어뜯고 있었다. 3, 4월은 유세이의 체중이 통 늘지 않아 안나의 마음고생이 심했던 모양이다. 그래서 모유량을 늘리기 위해 마사지 선생님을 찾았다는데, 지금은 말 그대로 갓 찧은 떡처럼 피부가 쫀득쫀득 팽팽해져 있었다. 감염 예방을 전제로 한 새로운 생활 방식에 안나와 아이들은 적응해가고 있는 듯했다. 그건 순전히 기뻐할 일이긴 한데, 나 없는 환경에 다들 지나치게 익숙해진 거 아닌가?

좌우간 골치 아픈 역병은 차츰 수습되어가고 있었다. 유행이 종식되었다고 선언한 나라도 있었다. 6월 중은 아직 낌새를 살피는 편이 좋겠지만, 7월에는 안나와 아이들도 돌아와 원래의 생활이 시작될 터였다.

그러나 7월에 접어든 지 얼마 지나지 않아, 도내 일일 감염자 수가 또다시 증가했다. 일부 지역의 양성 판정률이 눈에 띄게 급증했다느니, 휴업 권고가 재검토되고 있다느니 하는 심상찮은 뉴스가 난무하기 시작했다.

앞으로 또 몇 달간, 자유롭지 못한 집콕 생활이 시작된다고? 다리에 힘이 풀려 주저앉아 버릴 것만 같았다. 그때, 안나로부터 오랜만에 영상통화가 걸려왔다.

"도쿄로 돌아가기 싫어."

그렇게, 진지한 눈으로 이쪽을 바라보며 카메라 너머의 안나가 말했다.

"아내분이 한 말, 도쿄로 돌아가면 감염이 될까 봐 무섭다는 뜻인가."

모니터 속 네모난 영상통화 화면 셋 중 하나, 어깨까지 자란 층 없는 흑발을 수건으로 말리던 모리사키 아오코가 입을 열었다. 그녀는 밖에서 만날 땐 보통 콘택트렌즈를 끼고, 집에선 안경을 쓰고 생활하는 모양이었다. 클래식한 인상의 검정 웰링턴 안경을 쓰고 있어 어딘지 모르게 얼굴이 작아 보였다.

아오코의 차분한 질문에, 다쿠마는 초조한 기분으로 시선을 떨구었다.

"……잘 모르겠어. 나도 애들을 여태 한 번도 못 봤으니까, 갑자기 막 울컥해서."

"응응."

"그건 그냥 도쿄 차별일 뿐이라고, 강 건너 불 보듯 하는 거냐고 화를 내버렸어."

"오오, 도쿄 차별. 트위터 실시간 트렌드에 올랐었지."

아오코와는 다른 화면에서 가벼운 투로 대화에 끼어든 건, 입 주변에 다박수염을 기른 안도 겐야였다. 목이 늘어난 연회색 티셔츠를 입고, 손에는 물 탄 소주가 담긴 유리잔을 들고 있었다.

"차별이란 말에 아내분은 뭐라고 대답했어?"

남은 하나의 화면에서, 턱을 괸 채 대화하는 모습을 지켜보고 있던 히노하라 가야노가 끼어들었다. 아이를 재우느라 진땀을 뺐는지 밤 열 시에 시작하기로 했던 랜선 술자리에 그녀는 30분 늦게 합류했다. 알코올 도수가 낮은 과일 맛 츄하이(희석식 소주에 탄산수와 과즙을 섞은 일본 술—옮긴이)를 홀짝이며, 이따금 무거운 듯 목을 돌리고 있었다.

다쿠마는 신중히 안나의 얼굴을 회상했다.

"으음…… 그런 거 아니다, 지방에 산다 한들 언제 감염돼도 이상하지 않고, 오히려 이미 감염됐을지도 모른단 생각으로 지내고 있다. 그건 도시나 여기나 마찬가지다, 라고."

"흠흠, 그리고?"

"……더는 무리하고 싶지 않아, 였나. 그 말 듣고도 뭔가…… 뭐야, 난 울고 싶은 심정으로 기다리고 있는데 같이 살려는 노력이 무리라고? 싶어서 기분이 팍."

후하, 하고 미간을 찌푸린 씁쓸한 얼굴로 아오코가 웃었다.

"싸운 거네, 미안하지만 좀 재밌다. 다쿠짱은 남들하고 부딪치는 일이 잘 없잖아. 근데 부부끼리는 역시 그럴 수가 없구나."

"싸웠다기보다 내가 일방적으로 빽빽 소리쳤을 뿐이야. 그랬더니 서로 좀 진정이 되면 얘기하자고, 어쨌거나 당분간은 움직일 수 없으니 준비해둔 아기용품을 이쪽으로 보내라고 지시받았어."

"아내분이 쿨하시네. 아기용품, 보냈어?"

"질질 짜면서 보냈지. 뒤집기 방지 쿠션 같은 건, 지금 안 쓰면 개월 수상 필요가 없어지거든. 유세이 쓰라고 사 놓은 건데 그냥 버리게 되면 슬프잖아……."

침울한 말을 내뱉은 순간, 가슴 안쪽이 흐물흐물 무너져 내리며 눈물이 났다. 갓 태어난 자식을 아직 한 번도 만나지 못한 자신이, 지금 이 순간에도 보석처럼 근사한 시간을 놓치고 있는 자신이, 그 불행을 다른 누구도 아닌 배우자에게 이해받지 못하는 자신이 세상에서 가장 불행한 아빠처럼 느껴졌다.

컴퓨터 스피커에서 "에구구", "마셔, 마셔" 하는 나긋나긋한 목소리가 들려왔다. 고개를 끄덕이고, 냉장고에서 세 병째인 맥주를 가져왔다.

네 사람은 일찍이 같은 대학 합기도부의 동기였다. 모두들 졸업하고 불과 십몇 년 사이에 이런저런 일들을 많이 겪었다. 겐야는 집 밖을 나오지 못하게 되었고, 가야노는 큰 병을 앓았으며, 아오코는 아이를 잃었다. 그래도 지금은 어느 정도 안정이 되어 원격으로나마 함께 술을 마시고 있다. 외출 자제를 권고받은 시기에도 '술 마시고 싶다'는 누군가의 메시지를 계기로, 한 달에 두어 번쯤 영상통화를 이용한 술자리를 가져왔다.

"음음음."

조용히 마시고 있던 가야노가 고개를 양옆으로 흔들며 묘한 신음을 냈다. 움직임에 맞춰 고불고불 말린 쇼트 헤어가 휘날렸다. 몇 년 전 유방암 수술 후 받은 항암제 치료로 한 차례 모조리 빠졌었다는 그녀의 머리카락은, 다시 자라고 나니 마치 파마라도 한 듯 생머리에서 곱슬머리로 머릿결이 바뀌었다. 이건 이것대로 부드러운 분위기라 멋스럽다고, 다쿠마는 생각한다.

"뭐랄까, 무슨 마음인지 알겠어. 알고말고. 나도 더 이상 무리하고 싶지 않거든. 집콕 생활에 지쳤달까. 그렇게 사느라 여러모로 여유가 사라져서, 그동안 외면해온 문제들이 왈칵 쏟아져 나온 느낌이야."

구체적으로 말하면? 하고 겐야가 부추겼고, 가야노는 또다시 심기 불편한 고양이 같은 소릴 냈다. 이번에는 제법 말 사이 공백이 길었다.

"……결국, 내 인생이 병 때문에 달라지는 게 싫었던 것 같아. 일이든 육아든 이전만큼 또는 그 이상으로 잘하고 싶었고, 그게 잘 안 되니 신경질적으로 바뀌었었어. 외출 자제 기간 중 아이가 거짓말을 한다든가 뭔갈 둘러댄다든가, 그런 사소한 일에 화를 엄청 내곤 했지. 그랬더니 기저귀는 이미 뗀 상태였는데, 이불에 또 실수를 하기 시작하더라고……. 미안할 짓을 했어. 그래서 이 소동이 잠잠해지면, 근무 방식을 바꿔볼 생각이야."

그렇구나, 하고 아오코가 맞장구를 쳤다. 다쿠마도 말은 하지 않았지만 순순한 마음으로 수긍했다. 오랜 친구가 암에 걸림으로써 큰 병이라는 존재를 조금 가까이 느끼게 되었다.

"내가 보기에 가야농은 초인이나 다름없어. 전부 다 열심히 하는 모습이 대단한걸."

직장 내 괴롭힘으로 집 밖을 나가지 못하게 되어, 지금도 역으로 향하는 직장인 무리를 보면 식은땀이 난다는 겐야가 달래듯 말했다. 가야노는 떨떠름한 얼굴을 하고 고개를 좌우로 흔들었다.

"아냐, 반대야, 반대. 이제 무작정 애쓰지 않으려고. 지금의 나한테 뭐가 제일 잘 맞을지, 얼마만큼의 일을 감당할 수 있을지 곰곰이 따져보고 그 이상은 하지 않을 거야. 온통 다 떠안지 않게끔 주의하면서. 그 역시 대단한 일이란 생각을 요즘 들어 하기 시작했어."

아오코가, 겐야가, 가야노의 말을 받아 느릿느릿 이야기했다. 다쿠마는 또다시 컴퓨터 앞을 벗어나 다 마신 맥주 캔을 싱크대에 두고 레드와인을 글라스에 따랐다. '무작정 애쓰지 않겠다'는 말은 안나가 했던 '더는 무리하고 싶지 않다'는 말과 좀 비슷하군, 생각했다. 제법 취한 줄 알면서도 술잔을 든 손이 멈추지 않았다.

도쿄로 돌아가기 싫다고 운을 뗀 안나의, 굳은 얼굴을 떠올렸다. 아무 생각도 하고 싶지 않았다. 애들이 이 집에 돌아오지 않을지도 모른다니, 생각도 하기 싫었다. 대체 뭐가 무리란 말인가. 큰 병을 앓은 가야노가 본인의 역량을 고려해 삶의 방식을 택하는 건 당연한 일이다. 딱하지만, 현명한 판단이라고 생각한다. 그러나 안나는 이제껏 병 한 번 나본 적 없는 건강한 몸이다. 도쿄에서 즐겁게 일하고 있었으면서, 애들이 다닐 학원을 다양하게 고를 수 있어 좋댔으면서 이렇게 돌변한 태도로 나오다니 너무하지 않은가.

그래, 일. 안나 본인도 직장이 도쿄인데 어쩔 셈인가. 미국에서 갖가지 식품을 수입하는 작은 회사라, 공장 가동 중단과 물류 정체로 인해 상당한 타격을 받았을……. 거기까지 생각이 미치고서야, 회사 내에서 직원을 감원하려는 어떤 움직임이 있었으리란 짐작이 갔다. 안나의 발언에는 그런 전제도 깔려 있었던 것 아닐까. 아아, 얘기를 좀 더 잘 들어볼 걸 그랬다.

와인을 한 잔 더 따른 기억은 난다. 컴퓨터 모서리에 이마를 댄 채로 얼마간 의식이 끊겨 있었다.

그리고 다시 얼굴을 들었을 때, 모니터에는 영상통화 화면이 딱 하나 떠 있었다. 키보드를 조작해 컴퓨터로 무슨 작업을 하고 있는 듯한, 담담한 표정을 한 아오코의 모습이 비쳐 있었다.

"……아오상?"

이름을 부르자, 아오코는 눈썹 언저리를 환히 밝히며 마우스를 가볍게 만지작대더니—아마 실행한 채로 놔둔 영상통화 앱을 보기 편한 위치에 띄운 것이리라—이쪽을 쳐다보았다. 손을 가볍게 흔들었다.

"다쿠짱, 일어났네. 괜찮아?"

"응…… 나 잠들었구나."

"가야노는 애가 깨서 다시 재우러 갔어. 겐겐은 조금 과음했다고, 머리가 아파서 먼저 잔대."

"아오상은?"

"나는 어차피 아침까지 할 일이 있어서. 혹시라도 다쿠짱이 토하거나 탈이 나진 않는지 간간이 체크하는 역할."

"누를 끼쳤네요."

"천만에요."

아오코는 대학 합기도부에서 신입생들에게 도장 예절을 가르치거나, 종강 모임 같은 회식 때 부원들을 케어하는 교육 담당이었다. 그러고 보면 아까도 혼자만 차를 마시던 건 업무가 아직 남아 있었기 때문인가.

"할 일이라면, 수업 준비?"

그녀가 다니는 보습 학원은 대면 수업이 중단되어, 강사의 수업을 녹화해 데이터로 전송하거나 학생이 보내는 질문에 채팅으로 대응하는 등 원격화를 추진 중이라고 들었다.

"그 일도 있었는데, 지금은 다른 일 하고 있어."

"다른 일?"

"번역 일. 지금 건 스웨덴 그림책이고, 영어로 번역된 걸 다시 우리 말로 번역 중이야."

"아오상, 그런 일도 하는구나."

"그게 말이지, 전에 말한 원장…… 아, 지금은 그 사람 말고 친척이라는 다른 사람이 왔는데, 아무튼 전에 있던 상사랑 사이가 안 좋았잖아. 그래서 어쩌면 이직할 수도 있겠단 생각으로 여기저기 상담했거든. 그러다 우연히 일을 소개받게 된 거야. 일해보니 적성에 제법 잘 맞아서, 많은 도움이 되고 있어."

"어떤 그림책이야?"

"숲에 사는 난쟁이 가족 이야기. 좋은 책이야, 그림이 되게 섬세해. 버섯은 난쟁이한테 너무 크니까, 나무처럼 손도끼로 베어서 쓰러뜨리고."

"재밌겠다."

"출간되면 한 권 보내줄게."

"고마워."

그림책을 받고, 읽어줄 아이가 곁에 있다면 좋겠지만. 사고가 또다시 비관적인 방향으로 기울었다. 화장실에 갔다가, 물을 끓여 따뜻한 차를 달였다. 자리로 돌아오니 아오코는 키보드 소리를 경쾌하게 울리며 작업을 이어가고 있었다.

"다쿠짱, 이제 자려고?"

"아니, 수분 좀 보충하고 자게."

"그래."

"일하는 데 방해되지 않아? 집중하고 싶으면 끊을게."

"아니야, 괜찮아. 곧 마무리되거든. 나도 술 한잔하려고."

아오코는 마우스를 가볍게 움직이더니 자리를 떴다. 술이라고 했는데 테두리에 티백 손잡이가 비어져 나온 머그잔을 들고 돌아왔다.

"홍차에 위스키를 탔어."

"멋들어지네."

"몸이 따뜻해져서 좋거든."

"나도 몇 잔 더 할까."

"오늘은 그만 마셔. 힘든 건 아는데, 그렇게 마시는 거

좋지 않아 보이더라."

걱정해주고 있다고 느꼈다. 자신이 곯아떨어진 후, 세 사람 사이에서 이야기가 오갔으리라. 혼자 내버려 둬선 안 되겠다고 판단해 아오코가 일단 케어를 맡은 모양이다. 여름 합숙 때 흥에 겨워 과음한 선배들에게 물을 나누어주고, 등을 두드려 토하게 해주었던 것처럼.

"랜선 술자리에선 과음하게 된다더니 진짜네. 집에 있으니까 안심돼서 끝도 없이 마시게 돼."

"맞아, 급성 알코올 중독으로 구급차가 출동했다는 뉴스도 있었고. 조심해."

"네."

"그래도 영상통화는 참 좋아. 지금껏 수련 마치고 밥 먹은 적은 있어도, 이렇게 학생 때처럼 마냥 술 마실 기회는 없었잖아. '지금 안 자는 사람 있음 술 한잔하자'라니, 되게 호화로운 느낌이야."

"그러게, 참 편리해. 툴 자체는 예전부터 있었는데, 이렇게 활용할 생각을 못 했었던 거지."

"마음 아픈 뉴스가 끊이질 않지만, 꼭 나쁜 일만 있는 건 아니야."

아오코가 다정한 목소리로 말했다. 분명 자신에게 해주

려고 준비해둔 말일 것이다. 배려는 고맙지만 수긍하기에는 거부감이 남아, 다쿠마는 묵묵히 차를 마셨다. 안나가 남겨두고 간 논카페인 루이보스티는 밍밍하고도 불투명한 맛이 났다.

듣고 보니 학생 때라면 모를까 형편도 가족 구성도 이미 제각각인 어른들이 다박수염이며, 맨얼굴이며, 어질러진 방이며, 후줄근한 실내복을 드러낸 채 마냥 술을 마시고 있다니, 이런 상황이 아니었더라면 생기지 않았을 습관일지 모른다.

영상통화를 이용한 술자리는 어딘지 모르게 대학 동아리방과 분위기가 비슷했다. 동아리 비품 외에 낡은 TV와 게임기, 만화책 책장이 놓인 작은 공간은, 들를 때마다 항상 누군가 그곳에 있었다. 아르바이트하는 곳이 악덕 기업이었다는 이야기도, 학점이 아슬아슬하다는 이야기도, 연인에게 병적으로 구속당하고 있다는 이야기도, 가정 내의 불화도, 지독히 한심한 음담패설도, 무슨 이야기를 하든 받아주었다. 미지근한 물로 가득 찬 은신처 같은 장소. 돌이켜보면, 인생의 마지막 은신처였다.

그 무렵 아오코는 곧잘 심플한 민무늬 원피스를 입고, 팩에 든 바나나 주스를 마시며 다음 강의가 시작되기까지

시간을 때우고 있었다. 그리고 서른세 살이 된 그녀는 지금, 그때와 똑같은 얼굴로 위스키를 탄 홍차를 마시고 있다. 강의가 아닌, 어느 정도 하늘이 밝아 와 내가 "이제 괜찮아. 잘 자, 아오상"이라 말할 수 있는 상태가 되기를 기다리고 있다. 기다려주고 있다.

아, 말할 수 있겠다, 라고 불현듯 생각했다.

내내 머릿속에 뒤엉킨 채로 어찌할 바 모르던 일을, 지금 이 순간이라면 말할 수 있다.

"2년 전쯤부터 말야…… 아내랑 할 땐 괜찮은데, 혼자서는 잘…… 안 되더라고."

아오코가 얼빠진 표정으로 눈을 휘둥그레 떴다. 돌연 민망함과 적나라함이 북받쳐 올라, 다쿠마는 얼굴이 화끈해졌다.

"진짜 미안! 다 큰 어른이 새벽 두 시에 웬 아랫도리 얘기나 하고."

"아냐, 아냐! 계속해, 계속해."

"으응, 그래서……."

왜 이런 수치스러운 이야길 꺼내고 말았을까. 자신이 지금 어디에 있는지, 몇 살인지조차 모르겠는 기묘한 기분으로 다쿠마는 이야기를 시작했다. 첫째 딸 지아키가 태어난 뒤로, 맞벌이와 육아를 병행하는 생활이 바빠 부부만의 시간을 내지 못했던 일. 가까스로 생활이 안정되었을 무렵 꼬드겨보았는데, '그럴 마음이 전혀 안 든다'고 거절당했던 일. 애가 어릴 때는 하는 수 없다며 체념했지만, 30대에 접어들어 혼자 하지도 못하게 되고부터는 성생활이 없는 삶에 스트레스를 받게 된 일.

"……고객 중 프리랜서 코디네이터인 사람이, 이유는 몰라도 나한테 호감을 보인 적이 있거든. 그래서 잠깐 한 번, 그렇고 그런 전개가……."

"맙소사."

아오코는 두 손으로 얼굴을 감싸고 천장을 우러렀다. 그 자세로 굳은 지 10초가 지나서야 겨우 화면으로 얼굴을 되돌렸다.

"미안, 그래서?"

"아내가 왜 갑자기 스마트폰을 잠가놨냐더라고. 바로 들켰지."

또 한 번 두 손으로 얼굴을 감싼 아오코는 고개를 떨구었다. 이번에는 족히 30초쯤 되는 시간 동안 망부석이 되어 있었다.

"……그 상황에서 용케 둘째 계획을 세웠네."

"왕래하던 엄마들이 둘째를 낳기 시작해서? 나이로 보나 커리어로 보나, 한 명 더 낳으려면 지금밖에 없다면서 조급해했어. 나도 진짜 많이 반성하고, 1년 넘게 매일을 아내 눈치 봐가며 살았으니까 용서해준 줄 알고 기뻤는데…… 하는 내내 눈을 감고 있더라고. 아아, 날 아직 엄청 싫어하는구나, 생각했지."

"두 사람 다 너무 무리하는 거 아니야? 잠깐 멈춰 서서 대화를 나누는 습관이 필요해 보여."

"아마 대화를 나누기가 두려웠던 거겠지. 우리한테 무슨 문제가 있을지도 모른다고 상상하는 것 자체가 싫었거든."

아무렇지 않게 이야기하다 문득, '돌아가기 싫다'고 말한 안나의 굳은 얼굴이 떠올랐다. 마치 무언가를 겁내는 듯한, 참아내는 듯한 그 표정.

그렇구나, 그녀는 생각하기를 관둔 것이다. 그리고 떠안은 것들 중, 앞으로의 인생에서 가지고 갈 것과 두고 갈 것을 골라내려 하고 있다. 이 새로운 역병은 그녀에게 그런 결단을 촉구하는 계기가 되었다.

그렇다면, 나는 어떻게 해야 할까.

아오코의 말대로 자신 또한 무리를 해온 게 분명했다.

하지만 도대체 어떤 것이 무리였는지, 어떻게 해야 맞았는지 감이 오지 않는다. 어릴 적부터 몸도 튼튼했고, 친구도 많았다. 스스로를 강한 사람이라 믿어왔다. 그래서 자신이 곤경에 처해 있고, 무언갈 바꿔야만 하는 상태란 걸 잘 이해할 수 없었다.

"혹시, 혼자선 잘 안 돼서 힘들었다는 말은 아내분한테 해봤어?"

"뭐, 어느 정도는."

"그랬더니?"

"어른이면 자기 성욕 정도는 알아서 처리하라더라고."

"오오, 냉철하셔라……. 아니, 실은 가야노랑 겐겐하고도 얘기했거든. 다쿠짱, 행복해서 살찐 건 줄 알았는데 사실 몸이 부은 거 아니야?"

"어?"

"순환계 쪽 문제라든지."

"뭐라고?"

그 후 아오코는, 그녀 자신이 아이를 잃고 몸이 안 좋았던 시기에 시도했었다는 다양한 스트레칭과 운동 기구, 집에서 간편히 뜰 수 있는 뜸과 그 안내 책자를 소개해주었다. 동이 틀 무렵, 그제야 졸음이 몰려온 다쿠마는 아오코에게 작별 인사를 하고 이불 속으로 들어갔다. 그러자 아오코가 무슨 이야길 전달했는지, 이른 아침부터 가야노가 '내장에 좋은 차'라느니 '스트레스를 완화해주는 한약'이라느니 하는 정보를 연달아 보내와 스마트폰의 메시지 수신음이 끊임없이 울렸다.

그녀들은 스스로를 케어하는 방법을 수없이 많이 알고 있으며, 강인했다. 불행이 직격으로 덮쳐 와 연약해져 있는 친구들, 이라고 제멋대로 품고 있던 이미지를 다쿠마는 조심스레 수정했다. 누가 연약한지는 알 수 없다. 어쩌면 연약해지는 법조차 잘 모르고 있던 자신이 가장 연약했는지도 모른다.

그칠 줄 모르는 스마트폰 수신음을 끄고, 평온한 마음으로 잠이 들었다.

일주일 후, 다쿠마는 무릎 주위와 발목에 여러 개의 뜸을 올려놓고 정오 뉴스를 보고 있었다. 뜸은 통각이 둔한 할머니 할아버지들이나 뜨는 거란 이상한 편견이 있었는데, 막상 시도해보니 몸에 제법 잘 맞아 허리와 다리가 가벼워졌다.

요즘 뜸은 산처럼 쌓은 약쑥에 불을 붙이는 번거로운

타입이 아니라 스티커가 붙은 받침대에 원통 모양의 약쑥이 올라가 있어, 불을 붙인 뒤 피부에 찰싹 붙이기만 하면 적당한 온도로 덥혀주는 편리한 제품이 판매되고 있었다. 온도가 낮은 약한 뜸을 고르면 화상을 입을 걱정도 거의 없으므로 초보자라도 손쉽게 사용할 수 있다. 거기다 혈행 개선에는 여기, 라고 가야노가 자신만만하게 가르쳐준 엉덩이 혈 자리에 팬티 위로 핫팩을 붙인 채 생활하게 되었고, 성기에 피가 잘 돌기 시작했다. 아직 예전처럼 가뿐히, 즐겁게, 기분 좋게까지는 아닐지언정, 손대면 손댈수록 자신의 육체를 다루기 쉬워지는 느낌을 받았다.

뜸으로 혈 자리 한 곳을 계속 정성껏 데우다 보면, 그 주위의 혈이 찌릿찌릿 욱신거리며 다음 놓을 곳은 여기라고 가르쳐주었다. 마음처럼 작동하지 않는, 건전지가 다 닳은 로봇 같았던 육체에 조금씩 피가 통하기 시작했고, 유연함을 되찾아 갔다. 아내와 아이들에게서 온기를 나누어 받을 뿐 아니라, 그쪽 역시 따뜻하다고 느낄 만한 모습을 자신도 머지않아 보여줄 수 있을지 모른다.

TV에서는 뉴스 캐스터가 감정을 배제한 어조로, 새로운 생활 양식을 철저히 지켜나가길 호소하고 있었다. 다쿠마는 컴퓨터 전원을 켰다. 약속 시간 3분 전, 영상통화

서비스에 로그인했다.

안나는 이미 화면 너머에서 기다리고 있었다. 어금니를 악문 듯, 딱딱하게 힘이 들어간 얼굴을 하고 있었다. 뜸을 떠주고 싶어지는 느낌이었다.

"기다렸어?"

말을 건네자, 안나는 이상하다는 듯 고개를 갸웃했다.

"어라, 살 빠졌어?"

"헤헤헤."

어차피 당분간은 움직일 수 없다. 시간을 들여 차근차근 이야기하자.

다쿠마는 새로 산 뜸 하나를 집어 들어, 조금 뽐내는 기분으로 카메라 앞에 가져다 댔다.

새터데이 드라이브

|
|
✶

쓰무기의 귀를 쓰다듬을 때면, 안도 겐야는 무언가가 떠오를 듯 떠오르지 않는 답답함을 느꼈다. 뭐였더라, 이처럼 연약하고 부드러운 무언갈 만져본 적이 있는 것 같다. 폭신폭신한 흰 털과 검은자위가 큰 눈, 축 늘어진 조그마한 혀. 얼마간 생각하다—뭐, 어차피 중요한 것도 아닌데, 하고 생각을 접는다. 쓰무기는 다섯 살 먹은 수컷 포메라니안이다.

쓰무기의 앞다리를 차례차례 들어 올려 빨간 하네스를 씌우고, 등 뒤에서 단단히 고정했다.

"겐야, 미안하지만 잘 부탁해. 저녁은 좋아하는 요리 해줄게."

거실 문간에 선 엄마가 말을 걸어왔다. 광목 소재 블라우스에 롱 카디건을 걸치고 베이지색 와이드 팬츠를 입은 그녀는, 지금 이대로 편의점 정도는 갈 수 있을 법한 단정한 차림을 하고 있었다. 하지만 여전히 안색은 좋지 않았고, 눈에 불온한 빛이 어려 있었다.

"됐으니까 누워 있어. 저녁도 그냥 역 앞에서 닭튀김 같은 거 사 올게. 그거랑 인스턴트 된장국이면 충분하겠지."

"으응……."

미적지근한 대답이었다. 마찬가지로 미적지근한 기분으로 겐야는 말을 이었다.

"아빠 술안주도 필요하면 오이도 사 올게. 된장은 있지?"

"……아무래도 안 되겠어. 냉장고에 돼지고기 남은 거 있으니까 뭐라도 해 먹자. 이따 필요한 재료 있음 연락할게."

"그러지 말고 좀 쉬라니까. 그런 데 신경 쓰느라 무리하지 말고 얼른 낫기나 해."

무심코 내뱉고 나니 혀뿌리에 쓴맛이 났다. 이런 말을 하려던 게 아닌데. 북받치는 후회를 떨쳐내고자 거친 동작으로 블루종을 걸치고, 스니커즈를 신고, 턱에 걸쳐둔

마스크를 끌어 올렸다. 쓰무기를 데리고 밖으로 나왔다.

"공원 쪽으로 가볼까. 아침부터 날이 좋았으니까 땅도 아마 말랐겠지."

최대한 느긋한 말투로 발치에 있는 털 뭉치에게 말을 건넸다. 쓰무기는 온몸이 다 하얀데 귓바퀴만 흐릿하게 갈색이다. 그 갈색 귀를 쫑긋거리며 쓰무기는 겐야를 흘끔 올려다보았다. 소리 내는 법이 잘 없고, 언제나 곁에 있는 인간의 얼굴을 확인하곤 한다.

신종 바이러스 감염 확대의 영향으로 경영이 악화돼, 폐쇄가 결정된 도그파크의 개를 맡아서 키우고 싶다.

엄마의 제안은 안도 가족에게 있어 청천벽력 같은 말이었다. 한 달에 두어 번 친구와 나들이를 간다는 건 알았는데, 교외에 있는 도그파크를 다녔던 것이며 그녀의 열성적인 취미가 그 시설의 개를 넓은 안마당에서 산책시키는 일이었단 사실은 아빠나 겐야나 전혀 모르고 있었다. 일이 잘 안 풀려 울적했을 때도, 갱년기 장애로 힘들었을 때도—그리고 말은 안 했지만, 하나뿐인 아들이 방구석에만 틀어박혀 있어 마음 졸였을 시기에도—언제나 마음을 위로해준 소중한 포메라니안이 있다는 것이었다.

"쓰무기짱하고 헤어져 사는 건 가슴 아픈 일이야……."

엄마는 흡사 호스트를 사랑한 소녀 같은 말투로 눈물을 글썽였다. 제조 회사 영업직으로 일하느라 집에 거의 없는 아빠와 제 방에만 틀어박혀 지내는 겐야. 그 두 사람 사이의 중간 다리 역할을 하며 집안일을 소화하고, 파트타임 일을 나가고, 집안의 기둥이 되어온 엄마였다. 이건 좀 중대한 사태다. 아빠와 아들은 몇 년 만에 시선을 맞추곤, 늦은 밤 식탁에 모여 몰래 의논하기로 했다. 아빠와 단둘이 마주 앉아 이야기하기가 몹시 꺼려졌지만, 불안정한 엄마를 그냥 내버려 둘 수도 없는 노릇이라 겐야는 1층으로 내려갔다.

파란 플란넬 파자마를 입은 아빠는 난감한 얼굴로 말문을 뗐다.

"나는…… 미안하지만 아마 거의 돌봐줄 수가 없을 거다. 다음 일자리를 찾느라 여유가 별로 없어."

머지않아 정년을 맞는 아빠는, 조금이라도 더 나은 재취업 자리를 확보하고자 이쪽저쪽으로 연줄을 찾아 헤매는 중이었다. 쉬는 날에도 어디론가 급하게 불려 나가는 일이 잦았다. 라이프 스테이지가 바뀌는 시기이다 보니 새로운 생명체에 관심을 둘 만한 여유가 없는 것이리라.

뭐, 그렇겠지, 하고 겐야는 수긍했다.

"사실, 엄마는 이 집을 지을 때부터 개를 키우고 싶어 했다."

"처음 듣는 얘긴데. 그럼 키우지 그랬어."

"말이 되는 소릴. 싫잖냐, 새집 바닥을 개가 북북 긁어놓으면."

"아빠는 늘 그런 식이지."

어린애 같다고나 할까, 자신의 의견이 타당하다고 믿어 의심치 않는, 또 물러서지 않는 구석이 아빠에게는 있다. 사춘기 시절엔 다짜고짜 윽박지르는 말투가 신경에 거슬려 곧잘 부딪치곤 했다. 겐야는 오랜만에 느끼는 갑갑함에 미간을 찌푸리며, 그래서? 하고 다음 말을 재촉했다.

"좀 전에 엄마하고 싸웠거든."

"응."

"집 대출금, 결국 6분의 1은 엄마가 번 돈으로 갚았고, 내가 집안일을 내팽개치고 밖에 나가서 일할 수 있었던 건 엄마의 내조 덕이니, 적어도 이 집 바닥의 1층 절반은 북북 긁을 권리가 있다고 항의하지 뭐냐."

"빠져나갈 구멍이 없네."

"웬 엑셀 표를 들이밀면서."

"엄마도 벼르고 있었나 보다."

30년 치의 원망을 누적시키기보다, 바닥에 장판을 깔든 해서 하루빨리 개를 키우는 편이 낫지 않았을까. 남의 일처럼 겐야는 생각했다. 아빠는 부루퉁한 얼굴로, 검지부터 새끼손가락까지의 네 손가락으로 식탁을 톡톡 두들기며 말을 이었다.

"이 나이에 개를 데려왔다가는 끝까지 키우기가 어려울 거란 생각도 했는데, 쓰무기짱은 이미 다섯 살이란다. 소형견의 평균 수명과 인간의 평균 수명을 고려하면 뭐, 나나 엄마 중 누군가는 마지막을 지켜봐 줄 수 있겠지. 엄마한테는 이번이 마지막 기회가 되겠군."

"수명까지 고려했어?"

"그래서, 너한테 부탁이 있다."

아빠는 쓰무기를 돌봐줄 것, 만에 하나 사고 등으로 자신과 아내가 쓰무기보다 먼저 세상을 떠났을 경우 남겨진 쓰무기가 행복하게 지낼 수 있도록 대처할 것을 겐야에게 부탁했다. 갑자기 화살이 자신에게로 돌아와 겐야는 눈이 휘둥그레졌다.

"아니, 엄마가 돌봐야지. 키우고 싶은 사람은 엄마니까."

"엄마는 당연한 거고, 생명 하나를 책임지는 일이니 요원을 한 사람 더 확보해두는 게 중요하다는 말이다. 간병이나 육아와 마찬가지지. 담당자는 한 명이 아니고 무조건 여러 명. 혼자서 담당해야 하는 경우, 반드시 도움을 요청할 수 있는 서비스나 시설을 확보해둘 것."

"할머니 노망난 거 모르는 척하다 엄마한테 혼쭐난 주제에."

"그때는 나 대신 사촌 마사코 누나가 거들어주기로 했었으니 아무 문제 없다. 여하튼…… 어떠냐?"

"어떠냐니……."

어쩐지 몇십 년간 영업 외길만 걸어온 아빠에게 말려들고 있는 기분이었다. 개? 내가 개를 키운다고? 도무지 상상이 가지 않아 고개를 갸웃했다.

"……참고로, 엄마가 30년의 침묵을 깨고 개를 키우고 싶다고 한 데는 네 책임도 있어."

"무슨 소리야?"

"겐야가 키우는 문어가 부럽다더라."

"불똥이 왜 나한테……."

그 후, 한동안 생각했다. 머리가 아파 올 만큼 생각했다. 아직도 밖에서 일하는 데 거부감이 드는 내가 개를 책임질 수 있을까. 내 미래도 불투명한 주제에 개를? 아니, 만일의 대처란 무리해가며 끝까지 기르라는 게 아닌, 필요에 따라 입양처를 찾는 등 개가 고생하는 일이 없게끔 조치하라는 의미일 것이다. 생각해보면 엄마에게 많은 부담을 떠안겨온 지난날들 가운데, 그녀가 남몰래 그 포메라니안으로부터 힘을 얻어왔다면 자신은 이미 그 개에게 빚을 진 것인지도 모른다.

고민 끝에 겐야는 머뭇머뭇 개를 돌볼 것을 승낙했다. 셋이 함께 그 도그파크의 주인집을 찾아가 기르는 방법을 지도받고, 3주간의 테스트 기간을 거쳐 정식으로 쓰무기를 집에 들였다.

엄마는 무척이나 행복해했다. 매일매일 옷을 차려입고 쓰무기와 함께 산책을 나갔다. 쓰무기도 집에 적응해, 거실 바닥에 벌러덩 드러누워 배를 까고 있거나 혼자서 집 지키는 일도 끄떡없이 해내며 마음 편히 지내는 듯 보였다.

아무런 문제도 없었다. 11월이 되기까지는.

대기가 건조해지고 한낮 기온이 떨어지기 무섭게, 여름철 잠잠하던 신종 바이러스가 일일 감염자 수를 순식간에 늘려가기 시작했다. 피폐해진 경제의 위기감과 감염 예방 대책의 중요성이 긴박한 어조로 연일 보도되었고, 뉴스나 정보 프로그램을 보고 있는 것만으로도 기분이 울적해졌다. 보이지 않는 거인의 손에 짓눌려 있는 듯한 압박감이 사회 전체를 뒤덮었다.

원래부터 계절성 우울증이 있는 엄마는, 봄부터 누적된 피로가 한꺼번에 터져 나온 듯 몸이 안 좋아졌다. 어렵사리 파트타임 일은 나갔지만, 집안일까지는 손이 미치지 못해 쓰무기의 아침 산책은 겐야가 담당하는 일이 늘었다.

엄마는 늘 미안해하고 있었다. 뭐든 할 수 있었던 사람인 만큼, 그러질 못하게 되자 살림의 빈틈이 유난히 더 눈에 띄어 괴로운 것이리라. 그러나 엄마가 얼굴을 흐릴 때마다, 겐야는 마치 날카로운 종이에 손가락이 베인 듯한 불쾌한 통증과 꺼림칙한 감정을 느꼈다.

감기 증상이 전혀 없는, 이른바 무증상인 사람일지라도 저도 모르게 바이러스를 보유하고 있을 가능성이 있어 대화하다 튄 침만으로 다른 사람을 감염시키고 만다. 그런 얼토당토않은 병이 유행하는 탓에 밖을 돌아다닐 때는 마스크를 착용하는 것이 당연해졌다.

마스크는 참 편하군, 하고 겐야는 생각한다. 얼굴 절반이 가려지니 왠지 모를 안심감이 들어서 이전보다 외출에 대한 거부감이 줄었다. 개 산책은 물론 산책하고 돌아가는 길에 장을 보거나, 관공서에 들러 간단한 업무를 볼 수 도 있게 되었다. 다소 껄끄러운 순간이 생기더라도 표정을 신경 쓸 필요가 없어 편한 건지도 모른다. 역병의 유행이 종식된 뒤에도 마스크만은 계속 습관화되었으면, 하고 기대하고 만다.

집에서 15분쯤 걸어 벽돌이 깔린 산책로와 잔디 광장, 어린이용 놀이 기구가 설치된 강변 공원에 도착했다. 쓰무기는 단단하게 거품을 낸 생크림처럼 꼬리를 좌우로 흔들며 산책로를 걷기 시작했다. 중간중간 자주 보는 개나 그 주인들과 스쳐 지나갔다. 아아, 안녕하세요. 해가 짧아졌네요. 포메짱, 오늘도 기분이 좋아 보여요. 그렇게 말을 걸어오는 사람도 있었다. 사람과 그다지 눈을 맞추고 싶지 않은 겐야는, 그런 인사들을 가벼운 묵례로 받아넘겼다. 쓰무기는 쓰무기대로 자신보다 덩치 큰 개에게 장난을 걸거나, 놀아달라고 짖는 강아지를 무시하는 등 기분 내키는 대로 행동하곤 했다.

잔디 광장 끄트머리에, 초로의 여성 세 사람이 모여 수다를 떨고 있었다. 귀에 리본을 달았거나 겨울 느낌의 눈꽃 무늬 옷을 입은, 한껏 멋을 낸 닥스훈트와 치와와, 토이푸들이 발밑을 서성거리고 있었다. 여성들 중 한 사람이

낯이 익었다. 엄마가 다니는 빵집에서 계산대를 보고 있었던 것 같다. 과거에 몇 번인가 빵을 사러 간 적이 있으므로 그녀 역시 겐야의 얼굴을 알고 있을 터였다.

고개인사보다 더 큰 리액션이 필요한 대화로 발전할 것만 같아 겐야는 순간 걸음을 멈추었다. 하지만 쓰무기는 쫑쫑거리는 발걸음으로 세 사람에게 다가갔다. 쓰무기와 친한 닥스훈트가 이쪽을 알아채고 달려들었다. 겐야는 그냥 지나쳐 가길 포기하고, 평정을 가장한 채 세 사람에게 인사를 건넸다.

"아아 겐야 군, 안녕. 날이 춥지."

"예."

"닷쿤은 좋겠네, 쓰무짱이 와줘서! 쓰무짱은 오늘도 참 착하구나. 겐야 군한테서 떨어질 생각을 안 하잖아. 어디서 훈련 같은 거 받았니?"

"원래는 그…… 훈육 같은 것도 하는 시설에서 키우던 개라, 사람하고 딱 붙어서 걷는 훈련도 받았나 보더라고요."

"똑똑이네."

"예."

"그나저나, 에이코 씨는 좀 괜찮아?"

"기압이 떨어지면 힘든가 봐요."

"그러니……. 밑반찬 같은 거 가져다주면 실례려나?"

실례일까? 판단이 서지 않아 겐야는 고개를 갸웃했다.

한차례 인사를 끝낸 뒤에도 쓰무기와 닥스훈트가 장난을 그치지 않았으므로, 겐야는 그녀들과 조금 떨어진 벤치에 걸터앉았다. 리드줄을 살짝 길게 잡아 두 마리가 잡기 놀이를 할 수 있도록 해주었다. 개는 참 재미있는 것 같다. 자신이 저 세 여성과 친구가 되기는 해가 서쪽에서 떠도 불가능한 일인데, 데리고 다니는 개들끼리는 마음만 맞으면 금세 친구가 된다.

겐야는 벤치 등받이에 몸을 기대고 마스크를 조금 내렸다. 깊이 호흡했다. 건조한 풀 냄새가 콧구멍으로 흘러들었다. 공기가 뼛속까지 차가웠다. 벌써 겨울이 온 것이다. 어제까지 대기가 불안정했던 탓인지, 오늘의 석양은 눈이 부시리만치 황금빛이었다. 석양볕을 받은 쓰무기의 털이 섬세하게 세공된 금처럼 빛나고 있었다.

여성들은 대화에 열심이었다. 듣자 하니 세 명 중 한 사람이 얼마 전 차 털이를 목격한 모양이었다. 한 남자가 수십 미터 앞 갓길에 세워진 차에서 나와 문을 닫고는, 옆에 있던 자전거에 올라타 사라졌다는 것이다. 그때는 그냥 차에 물건이라도 두고 왔나 싶었는데, 차 옆을 지나며 유리창이 산산조각 난 것을 알아채고서야 황급히 신고했다고 한다.

"깜짝 놀랐지 뭐야. 이 동네에서도 그런 일이 일어나다니."

"인적이 드무니 못된 짓을 꾸미는 사람도 있나 봐."

"밤길 다니기가 좀 겁나."

"그러고 보니 손자하고 같은 초등학교에 다니는 애가 그랬다는데, 너희 엄마 아빠가 열이 나서 병원에 갔어, 아저씨 차 타고 같이 가보자, 라고 근처 공원에서 수상한 사람이 말을 걸어왔더래."

"어머머, 무서워라."

그렇겠구나, 하고 겐야는 약간 뒤가 켕기는 기분이 되었다. 자신은 마스크의 습관화도, 사람들이 집 안에만 틀어박혀 있고 일하는 방식이 다양해진 사실도 솔직히 좀 편안하게 느껴졌는데. 사회적으로 볼 때 역병의 유행은 최악의 사태다. 의료 체계의 핍박, 감염자에 대한 심각한 차별, 경제 악화. 생활고를 배경으로 한 노상강도며 가축, 농작물의 절도 피해 또한 발생하고 있다. 심야에 인적이 드문 길을 걸어 다녀야 하는 사람은 무서운 마음이 들 게 틀림없다.

세 여성 중 한 사람이 "슬슬 마트 가봐야겠다" 하며 한쪽 손을 들었고, 선 채로 나누던 대화는 끝이 났다. 씩씩한 닥스훈트도 깡충깡충 뛰듯 사라져 갔다. 우리도 이제 닭튀김을 사서 집으로 돌아가야겠다. 마스크를 끌어 올리고 다시 쓰무기의 리드줄을 조절한 겐야는 문득 같은 잔디 광장 내의, 자신이 앉은 벤치에서 10미터가량 떨어진 벤치에 한 남자가 앉아 있음을 깨달았다.

나이는 자신과 비슷한 또래일까. 키와 몸집이 너무 크지도 작지도 않고, 플리스 재킷에 청바지를 입은 흔해 빠진 모양새. 두드러진 광대뼈에 검은 테 안경을 쓴, 착실해 보이는 느낌이었다. 그러나 무엇보다 신경 쓰였던 건 그 남자가 자리를 뜨는 세 사람의 발치—다시 말해 개들을 뚫어져라 쳐다보고 있다는 사실이었다.

다른 할 일은 얼마든지 있을 법한 토요일 저녁, 공원 벤치에 홀로 빈손으로 앉아 개를 주시하는 내 또래의 남자? 뭘까. 개를 훔치기 위한 밑조사 같은 건 아니겠지. 방금 막 나빠진 치안에 대해 걱정하는 대화를 들은 터라, 어쩔 수 없이 사고가 그쪽으로 흘렀다.

시선을 눈치챈 남자가 이쪽을 홱 돌아보았다. 눈썹 앞머리에 난 점이 눈에 띄었고, 뇌가 찌르르 반응했다. 왜일까, 그를 알고 있는 것 같다. 중고등학교 동창—아니, 그보다는 관계가 멀다. 하지만 도움을 받은 듯한 느낌이 든다. 남자는 거북한 듯 일어섰다. 그 순간, 정장을 입은 그가 서류를 들고 자리에서 일어서는 모습이 떠올라 겐야는 "아" 하는 소리를 냈다.

"시청 창구에서……."

밖에서 그렇게 큰 소리를 내기는 오랜만이었다. 마스크의 효과라고밖에 생각할 수 없었다.

남자는 걸음을 멈추었다. 겐야를 돌아보고 약간 갸우뚱하더니 가볍게 고개를 숙였다. 불러 세우고 만 체면상 겐야도 어색하게 다가가 인사를 했다. 역시나 얼마 전 시청 창구에서 업무를 봐준 남자였다.

마이넘버(2016년부터 시행되고 있는 일본의 주민등록번호 제도—옮긴이) 카드의 포인트가 붙는다는 이유로 엄마가 스마트폰 전용 앱을 이용해 온라인 신청을 해보았지만 마음처럼 되지 않았고, '앱은 잘 모르겠다. 설명을 들어도 난처할 것이다'라며 시청의 지원 민원 창구를 찾을 때 겐야를 데려간 것이었다. 그는 약 30초 만에 상황을 파악하더니 엄마의 스마트폰 기종과 앱이 호환되지 않는다는 사실을 알아냈고, 창구에서 직접 신청하는 쪽으로 방법을 바꿔주었다. 투명한 마우스 실드를 쓰고 있어, 눈 밑에 다크서클이 진 피곤한 얼굴과 눈썹 앞머리에 난 점이 인상에 남아 있었다. 엄마 말고도 새로운 시스템에 당황하는 시민들이 많은 모양인지 민원 창구에는 줄이 길게 늘어서 있었다.

"지난번엔 감사했습니다."

어차피 날 기억할 리가 없겠지, 생각하며 감사 인사를 했다. 아닙니다, 하고 조심스레 고개 숙인 남자는, 벤치에 도로 앉아 저를 사사라고 소개했다. 그러더니 겐야의 발치에 있는 쓰무기에게로 시선을 떨어뜨렸다.

"귀엽네요."

"감사합니다."

"쓰다듬어도 될까요? 무서워하려나."

"괜찮아요. 얌전해요."

쭈그리고 앉은 겐야는 쓰무기 이리 와, 하고 이름을 불렀다. 하얀 털공이 두 손 사이로 쏙 들어왔다. 쓰무기의 몸을 가볍게 받쳐주자, 사사는 옆에 쭈그리고 앉아 등을 쓰다듬었다. 동물을 만지는 데 익숙해 보였다.

"오오, 귀여워라……. 순하네요."

사사는 딱딱한 표정을 누그러뜨리곤, 몹시도 행복한 듯 들뜬 목소리로 말했다.

"개를 좋아하시나 봐요."

"좋아해요. 개든 고양이든, 모든 동물을요."

"왜 저렇게 쳐다보지 싶었어요."

"하하하, 수상한 사람 같았죠. 죄송합니다."

그날은 그렇게 가벼운 잡담을 나누고 헤어졌다.

일주일 후, 겐야는 또다시 같은 공원에서 사사와 마주쳤다. 사사는 여전히 벤치에 걸터앉아, 자판기에서 뽑은 따뜻한 밀크티를 마시며 지나가는 개들을 바라보고 있었다. 쓰다듬으실래요? 하고 물으니 잔디에 무릎을 꿇은 채, 행복한 표정으로 쓰무기를 이리저리 쓰다듬었다.

"개를 그렇게나 좋아하시는데 왜 안 키우세요?"

"그게…… 실은 작년에 있던 부서가 예산 관련 쪽이라, 일이 너무 바빠서 퇴근도 잘 못했었어요. 그래서 키우던 동물을 얼마 전 다른 곳에 넘겨줬거든요. 뭐, 당분간은 감염 방지 대책이며 올림픽 준비로 분주할 테니 무리라고 봐야죠……."

현재는 마이넘버 카드와 관련된 민원뿐 아니라, 시내에서 개최되는 행사의 감염 방지 대책을 강구하거나 감염증에 대응해 업무 형태를 변경한 사업자를 지원하는 등 경제 활동과 관련된 광범위한 업무를 담당하는 부서에 속해 있다고 한다. 휴일도 불규칙적인 탓에 친구와 약속을 잡기도 어려워, 쉬는 날은 결국 전철을 타고 옆 동네의 고양이 카페를 찾거나 이렇게 동네 개들을 바라보며 혼자 보낸다고, 그는 쓸쓸한 듯 말했다.

"혹시 무슨 동물을 기르셨어요?"

"도마뱀이랑 개구리랑 거북이요. 그리고 곤충류도 조금씩 키웠고요. 베란다에서 호랑나비 번데기의 월동을 지켜봤죠. 개는 본가에서 기른 적이 있어 애착이 가더라고요."

정말 모든 생물을 좋아하는구나, 생각했다.

"저희 집에는 문어가 있어요."

"정말요? 굉장하다."

이곳이 중학교 교실이었더라면 한 번 씨익 웃은 뒤 친구가 되었겠지, 하고 겐야는 생각했다. 겐야도 원래 낚시가 취미이고, 협동심이 필요한 스포츠나 눈과 귀에 강한 자극이 오는 게임보다는 자연을 마주하고 있는 쪽이 편한 성격이었다. 자신과 마찬가지로 사사에게선 인간보다도 그 외의 생명체에게 마음을 맡기기 쉬운, 소극적인 아웃사이더의 기질이 느껴졌다. 그리고 어쩌면 자신뿐 아니라 그 역시 자신에게 친근감을 느끼고 있는 듯했다.

"언제 한번 휴일이 겹치는 날, 문어에게 먹이를 주러 가도 될까요? 갯바위에서 작은 게라든지 새우를 잡아서 갈게요."

사사가 느긋한 투로 꺼낸 그 말에 겐야는 아차 싶었다. 문어 이야기 따윈 하는 게 아니었다.

"그래요, 휴일이 겹치면요."

적당히 맞장구를 치고, 쓰무기의 리드줄을 당겨 허둥지둥 그곳을 뒤로했다.

본가에 붙어살고 있지 않고, 무직도 아니었더라면 우리는 친구가 될 수 있었을까. ―될 수 있었겠지, 하고 겐야는 문어 센타로를 바라보며 아쉬워했다. 센타로는 겐야에게 완전히 길들여져, 겐야가 나타나면 가까이 다가오게 되었다. 생선 토막을 핀셋으로 집어 물속에 넣어주면 빨판이 즐비한 팔을 뻗어 받아 든다. 마트에서 파는 생바지락은 여덟 개의 팔죽지까지 가져가 조개껍질에 빨판을 붙인 뒤 흠, 하고 힘을 주어 껍질을 비집는다. 그런 동작 하나하나가 코믹하고 귀엽다. 신선한 게와 새우를 주면 기뻐했을 텐데.

"나는 전에 겐겐네 방에 들여보내 줬잖아."

모니터 속 영상통화 화면에는 대학에서 같은 합기도부

에 소속되어 있던 하나다 다쿠마의 얼굴이 비쳐 있었다. 다쿠마의 말대로 센타로를 방에 들일 때는, 그에게 운전을 부탁해 사육 용품을 사러 가거나 도장에서 센타로를 데려오는 등 여러모로 도움을 받았다.

"겐겐네 어머니도 어머나 어서 오렴, 하는 느낌으로 흑당 카스텔라를 내주셨고. 동네에서 새로 사귄 친구를 데려간들 똑같은 거 아냐?"

"다쿠짱이나 아오상이나 가야농은 다르지. 학생일 때, 서로 아무것도 아닐 때부터 알고 지내온 사이니까. 우리 부모님이야 어떻게든 외부와의 만남이 계속되길 바랄 테니, 새 친구라면 대환영이겠지."

"그럼 됐네."

"되긴 뭐가 돼."

어른이 된 뒤의 교제에는 반드시 직함이 따라붙는다. 산책 중인 개처럼 마음만 맞는다고 친구가 될 수 있을 만큼 간단한 구조가 아닌 것이다. 다쿠마라고 모르지 않을 터다. 망연자실해 있자, 다쿠마는 화면 너머에서 수제 피클을 베어 물었다. 오독오독 듣기 좋은 소리가 났다. 오이와 무 같은 일반적인 채소뿐 아니라 차요테니 그린파파야니 하는 독특한 재료도 함께 썰어 밀폐 용기에 절였다고 한다. 근데 차요테가 뭐지?

다쿠마는 요즘 유독 건강에 신경 쓰고 있다. 대학 동아리방에서 콘 포타주 맛, 명란젓 맛, 치즈 맛의 우마이봉(옥수수로 만든 과자에 다양한 맛의 양념을 묻힌 저렴한 일본 과자—옮긴이)을 점심밥 대신이라며 우적대던 바보 같은 녀석은 어디로 가버린 걸까.

전 합기도부 주장은 저당 맥주를 한 모금 마시곤 얼굴을 찌푸렸다.

"내…… 직장이 엿 같지 않고, 일이 끊이지 않고, 지금 이 순간 본가를 나와 있는 건 전부 다 우연일 뿐이야."

위로해주려는 건가. 겐야가 대답을 못 하고 있자 다쿠마는 미간 주름을 잡으며 으으, 하고 느리게 신음했다.

"……덧붙이자면, 둘째 태어나자마자 별거하고 있는 것도 우연일 뿐이라고!"

"아, 아내분하고 애들 아직 안 돌아왔구나. 아기는 봤어?"

"응. 여름에 2주 정도 그쪽에 다녀왔어. 근데 뭐, 합의는 잘 안 되더라고요."

도쿄로 돌아가기 싫다고 아내가 폭탄을 투하한 직후, 다쿠마는 상당히 거칠어져 있었다. 술주정뱅이가 되어 있었다. 학생일 적부터 밝고 온화한 성격이라 이래저래 인기가 꽤 많았고, 뭐든 잘하는 이미지였던 녀석이 이렇게까지 흐트러지는 날이 올 줄이야. 겐야에겐 충격이었다.

각자의 사정이 있는 법이잖아, 하고 맥주 두 병째에 눈자위가 붉어진 다쿠마가 지친 기색으로 말했다. 조금 전 합기도 도장 관계자이자 연상의 선배들로만 모인 식사 자리에 불려 나갔다 왔다고 했으므로, 거기서 무슨 불쾌한 소리라도 들은 모양이었다.

"그런 와중에 마음 맞는 사람이라니, 그만한 보물이 또 있어? 확인해보지도 않고 끊어내기는 아깝지."

"예예."

그만 마시고 얼른 자, 라고 신신당부를 한 뒤 영상통화를 끊었다.

다쿠마는 모른다고, 겐야는 생각한다. 흰 띠를 매고 함께 수련하던 시절부터 지금까지. 다쿠마와 자신의 상황이 동떨어지게 된 배경에는 확실히 이런저런 우연이 있었는지 모른다. 내가 무능한 탓이라며 괴로워하던 시기도 있었지만, 지금은 모든 원인이 그것이었다고는 생각지 않는다. 다만, 그렇게 다다른 현재의 자유도며 자원의 차이는 너무도 역력하다.

뭘 하고 있느냔 질문에 손톱만큼의 수치심도 없이 "이러이러한 것들을 하고 있습니다"라고 본인을 설명할 수 있는 사람은 이 공포를 알 수 없다. 새로 시작하거나 반격을 펼치기 어려운 이 나라에서, 직함이라는 보호막을 잃는 공포.

쓰무기의 저녁 산책 경로를 바꾸었다. 관공서 관련 부탁은 거절하기로 했다.

그러나 한번 닿은 인연과는 어떻게든 만나게 돼 있는 법인가 보다. 지금까지의 생활 반경 자체도 꽤 비슷했던 모양이다. 역 앞 세탁소에서 아빠 와이셔츠를 찾고, 카페 계산대 옆 선반에서 엄마가 부탁한 커피콩을 찾고 있는데 등 뒤로 귀에 익은 목소리가 들려왔다.

"아는 분 강아지랑 좀 닮은 듯해서……."

사사의 목소리였다. 겐야는 얼굴을 찡그리곤, 아랫단 쪽 콩 봉투를 확인하는 척하며 제자리에 웅크려 앉았다.

"또 개냐? 너 지난번에 바비큐 파티도 마다하고 강변 공원에서 개 쓰다듬고 있었다며? 적당히 좀 해라. 부장님이 얼마나 화내셨는지 알아? 나이도 먹을 만큼 먹었으면 협동심 좀 길러야지."

상사인 듯한 남자의 목소리에는 가소로움과 업신여김

이 섞여 있었고, 겐야는 옛 생각에 초조함을 느꼈다. 어느 직장을 가나 이렇게 고압적인 녀석은 꼭 있다.

"그게, 실은 브리더하고 얘길 좀 나누고 있었어요. 돌봐주는 개가 도그쇼에 나갈지도 모르거든요. 부장님께는 연락을 미리 못 드렸어요, 죄송합니다."

사사는 평온한 어조로 대답했다. 브리더? 도그쇼? 대체 무슨 말이지.

두 사람이 가게 안쪽으로 들어간 타이밍에 카페를 뛰쳐나와, 가드레일에 묶어둔 쓰무기를 데리고 집으로 돌아갔다. 커피콩은 사지 못했다.

쓰무기의 발을 닦고 거실에 풀어준 뒤 커피콩은 못 샀다고 말하려는데, 엄마는 침실로 쓰고 있는 다다미방에서 누군가와 통화를 하고 있었다. 허물없는 상대인지 미닫이문 너머로 울려오는 목소리가 드높았다.

"아니 그래서 있지, 나도 이 말은 해야겠다 싶어서 얘기했어. 자식을 제 분신처럼 생각하지 말고, 자격증이니 대학이니 집착하고 있는 건 당신이니까 자기 인생에서 후회가 없게끔 행동하세요. 애가 가출까지 할 정도로 몰아붙이다니, 그런 볼썽사나운 짓 좀 그만하세요, 라고. ……아하하하, 아니 실제로 그렇잖아, 이 일이고 저 일이고."

번듯한 말을 내뱉는 엄마의 목소리는, 최근 몇 달간의 아픈 몸과 우울함이 거짓처럼 느껴질 만큼 부드럽고 홍겨웠다.

누구나 번듯한 사람이 되어 안심하고 싶은 것이다. 그러기 위해 번듯해 보이지 않는 자신을 열심히 감춘다. 번듯하게 여겨지려 한다. 혹은 번듯한 사람이고자 무리를 한다. 자신 역시 그렇다고 겐야는 생각했다. 문어에게 먹이를 주고 싶다는 제안은, 얼굴만 아는 사이가 아닌 친구가 되자는 사인이었다. 어린 시절에도 어렵지만, 어른이 된 뒤에는 더 큰 용기가 필요한 사인이다. 그것을, 눈도 한 번 안 마주치고 흘려보내고 말았다. 번듯하지 않다고 여겨지는 게 두려워서.

나보다 두 배 가까운 세월을 살아온 엄마의 내면에도 멸시당하는 것에 대한 공포가 존재한다. 그런 실감이, 미닫이문의 둥근 나무 손잡이에 닿은 가운뎃손가락으로 전해져 왔다. 겐야는 말을 붙이지 않고, 발소리가 나지 않게 조심조심 2층 방으로 돌아갔다.

토요일 저녁, 또다시 쓰무기의 산책을 나갔다. 강변 공원 벤치에 앉아 자판기에서 뽑은 따끈한 단팥죽을 마시고 있는데, 사사가 산책로를 따라 걸어왔다. 저번보다 따뜻해 보이는 다운재킷을 입고 있었다.

"안녕하세요."

알아보기 전에 먼저 인사를 건넸다. 사사는 엇, 하며 눈을 동그랗게 떴다.

"오랜만입니다. 잘 지내셨어요?"

"예."

"아까 저쪽에서, 이렇게 큰 사마귀가 산책을 하고 있었어요."

사사는 신이 난 듯 집게손가락과 엄지손가락을 벌려 보였다.

"오오, 12월인데도 아직 있구나."

"그러게 말이에요. 난 이제 틀렸어…… 하는 느낌으로 비틀거리고 있었는데요, 전쟁 속을 헤쳐 나온 용사 같았어요."

"몸집이 크고 오래 살아 있는 걸 보면 암컷 아닐까요?"

"난 이제 틀렸어…… 그래도 살아가겠어……."

"후후."

"계절을 뛰어넘는 개체라니, 낭만 있네요."

"동감이에요."

간격을 두고 벤치에 앉아, 아침저녁으로 추운 날씨며 쓰무기 이야기 등 주저리주저리 실없는 대화를 나누었다.

"그러고 보니 얼마 전, 역 근처 카페 앞에 쓰무기짱하고 똑 닮은 포메라니안이 있었어요. 귓바퀴가 약간 갈색인 것까지 비슷하더라고요. 시내에 혹시 형제견이 있나요?"

"그거, 쓰무기예요."

네? 하고 사사가 눈을 휘둥그레 떴다. 뭔가 더 배려 있게 물어볼 수 없을지 오랜 시간 고민해왔지만, 자신이 그런 센스 있는 짓을 할 수 있을 리도 없을 것 같아 있는 그대로 물었다.

"도그쇼에 나가세요? 몰랐네요. 개, 키우고 계시잖아요."

사사는 한쪽 손으로 입가를 가렸다. 마스크 표면에는 손대지 않는 편이 좋지만, 그런 사실 따위 까맣게 잊어버린 듯 여유 없는 몸짓이었다. 얇은 유리 너머로 눈동자가 흔들리더니 두통을 참기라도 하는 양 두 눈을 꾹 감았다.

"아니…… 그게요."

우물거리다 이내 후우, 하고 긴 숨을 내뱉었다.

"실은, 여러모로 사정이 좀 있어서요."

사내 회식이나 체육 대회 등에 불참하는 일이 잦은 사사는, '감당하기 힘든 괴짜'란 이미지로 소외의 대상이 되기 일쑤라고 한다.

"전에 있던 부서의 성수기 때는 집을 자주 못 들어가서, 온도를 수시로 관리해줘야 하는 도마뱀 한 마리를 죽게 만들었어요. 그 후로 이래선 안 되겠다 싶어 동물들을 전부 지인이나 가게에 물려주고 떠나보냈는데요…… 그 사실을 안 상사가 초등학생 취미를 드디어 뗐냐, 이제 장가 갈 수 있겠군, 하며 히죽대더라고요."

"아아…… 그런 식으로 괴롭히는 인간 꼭 있죠."

"도마뱀 하나 못 지키고 죽여버린 인간한테 결혼을 권유하다니, 머릿속이 대체 어떻게 돼먹은 걸까요? 죽이 되든 밥이 되든 결혼만 하면 일에 책임감이 생긴다, 출세하고 싶으면 결혼을 해라, 라는 골치 아픈 풍조는 지금도 여전해요. 보수적인 종적 조직이라면 더더욱요. 그래서 저도 골치 아픈 소리 안 듣게끔 예방선을 치는 버릇이 들었다고나 할까……. 아아…… 낯부끄러운 꼴을 보였네요. 잊어주세요."

"에이, 무슨요."

겐야는 그 기세로 저야말로, 하고 말을 이었다. 쓰무기를 쳐다보고 3초쯤 틈을 두었다가 겨우 입을 뗐다. 문어에게 먹이를 주기로 한 일. 놀러 왔으면 했지만, 본가에 살고 있어 초대하기 망설여졌다는 것. 이런저런 사정으로 지금은 일을 하고 있지 않다는 것. 설명하기가 너무나도 어려워 혀가 꼬였다. 긴장되어 등허리가 타는 듯이 뜨거웠다. 그럼에도 어떻게든 표정 변화 없이 말했다. 마스크가 있어 참으로 다행이었다.

"그럼 요약하자면……."

푹 삶은 우동 면처럼 뚝뚝 끊기는 설명을 끝까지 듣고 난 사사는, 조용한 목소리로 입을 열었다.

"대체 휴일이라든지 평일에 쉬게 된 날에도, 안도 씨를 불러내 같이 놀 수 있다는 말이네요?"

"……네, 뭐."

"연락처, 교환하실래요?"

눈꼬리에 주름을 잡으며 웃은 그는 스마트폰을 꺼냈다.

자고, 일어나고, 쓰무기를 돌보고, 집안일을 돕고. 그런 일상을 되풀이하는 사이 새해가 밝았다. 날씨도 좋고 기분도 좋아, 오늘은 센타로의 수조를 관리하기로 했다.

소매를 걷어붙인 겐야는 손잡이가 달린 스펀지로 안쪽 유리를 닦고, 자갈에 파묻힌 티끌을 어항 사이펀으로 빨아올렸다. 장식으로 넣어둔 바다유리와 마음에 쏙 드는 큼직한 바지락 껍질, 문어 항아리 대용인 꽃병 주변도 꼼꼼히 청소했다. 중간중간 센타로가 흥미를 보이며 펌프에 달라붙으려 하기에 몇 번이나 작업을 중단했다.

빨아올린 티끌에는 새해에 먹인 게 조각이 섞여 있었다. 사사의 차를 타고 가까운 해안가로 놀러 나갔을 때 몇 마리 잡아 와 선물한 것이었다. 그날은 갯바위의 생물들을 바라보다, 내친김에 근처 식당에서 네기토로(참치 뼈에 붙은 살을 발라낸 것—옮긴이) 덮밥을 먹었다. 쓰무기에게도 바다를 보여주고 싶어 케이지에 넣어 데려갔다. 모래사장 위를 신나게 뛰어다니려니 싶었는데, 파도에 겁을 먹은 쓰무기는 시종일관 겐야의 팔 안에 웅크려 있었다.

"포메라니안 나이로 다섯 살이면, 사람 나이로는 30대 중반쯤 되려나. 대충 저희랑 비슷한 정도네요."

"30대 아저씨들 셋이서 떠나온 여행, 괜찮은데요?"

시답잖은 대화가 떠올라 입가에 웃음이 지어졌다. 그러고 보니 센타로는 몇 살쯤 되었을까. 참문어의 수명은 2년 정도라는데, 이미 1년 넘게 키웠으니 나이 지긋한 영감님일지도 모른다.

수조의 물을 반쯤 빼내고 준비해둔 인공 해수를 넣었다. 필터도 청소한 뒤, 마지막으로 떠다니는 티끌들을 뜰 채로 건져냈다. 작업을 마치자 센타로는 그제야 안심한 기색으로 여덟 개의 팔을 뻗고 수조 안을 점검하기 시작했다.

물속에서 말랑한 꽃이 피었다, 시들었다, 다시 피어난다. 센타로가 헤엄치는 모습이 겐야의 눈에는 그렇게 비쳤다. 이제까지는 그저 막연하게만 생각해왔을 뿐인데, 지금은 그걸 부담 없이 이야기할 상대가 있다는 게 기뻤다. 받아들여지는 일이 당연해지면 감수성이 점점 예민해지는가 보다.

발뒤꿈치에 부드러운 것이 닿았다. 뒤를 돌아보니, 쓰무기가 뭐 해? 라고 묻는 듯한 얼굴로 겐야의 방에 놀러와 있었다. 하얀 몸을 두 손으로 헝클어뜨리듯 쓰다듬었다. 끄트머리만 노릇노릇하게 구워진 듯 갈색빛을 띤 귀가 손바닥에 찌부러졌다.

"아."

관자놀이에서 무언가가 탁 튀어 올라, 겐야는 스마트폰을 손에 들었다. 오랜만에 아이스크림이나 생크림이 덕지덕지 올라간 달콤한 디저트가 먹고 싶어져 근처 가게를 찾아보았다. 뒤이어 메신저 앱을 실행했다.

[생식빵 같은 거 먹으러 갈래요?]

물어본 지 10초도 지나지 않아 [좋죠!] 하는 메시지와 함께, 손뼉을 치는 코믹한 도마뱀 이모티콘이 되돌아왔다. 가슴에 서서히 기쁨이 번졌다.

—학원에 다니면서, 실효된 운전면허를 다시 따볼까.

난데없이 그런 근질거리는 생각이 떠올라, 겐야는 창문으로 눈을 돌렸다. 싱그러운 오전의 빛으로 가득한 동네 풍경이 보였다. 둘이서 번갈아 가며 운전하면, 더 멀리까지 놀러 나갈 수 있겠지.

달이 두 개

언제부턴가 물살이 빠른 강물에 허리까지 잠긴 채, 넘어지지 않게끔 신경을 곤두세운 발끝으로 영원히, 영원히 걸어가고 있는 듯한 기분이었다.

히노하라 가야노—아니면 오하시 가야노일까—어느 쪽도 내 이름이란 느낌이 들지 않는 기묘한 무감각을 떠돌며, 2인용 소파에 드러누운 가야노는 눈을 껌뻑였다. 제 집 거실이 보였다. 아무도 없는, 고요한 오후의 거실. 햇살을 받은 무수한 먼지가 빛을 발하며 우주 쓰레기—스페이스 데브리처럼 부유하고 있었다. 소파 앞에는 내부에 소품을 수납할 수 있는, 현대적인 느낌의 유리 탁자가 놓여 있었고, 그보다 더 뒤로는 식탁 세트가 바라보였다.

소나무 원목이 사용된 크림색 식탁은 목귀질이 되어 있어서 여기도 저기도 온통 다 둥그스름하다. 아이가 부딪쳐도 안심, 이라는 선전에 혹해 임신 중일 때 구입했다. 미키마우스 무늬가 들어간 아기 의자에 앉아 식탁 표면에 이유식을 문질러대던 나오도 벌써 초등학교 6학년이다. 딱딱한 목소리로 다녀오겠습니다, 하며 매일 아침 집을 나선다.

지금, 식탁 위에는 두 사람분의 아침밥 그릇이 그대로 놓여 있었다. 달걀프라이 조각은 이미 말라붙어 있을 터였다. 얼른 물에 담가 설거지해야 한다. 알고 있지만, 움직일 수 없었다.

그러고 보니 딸과 남편에게는 달걀프라이와 토스트, 야채 주스를 준비해 그럴싸한 식사를 차려줬는데, 정작 자신은 야채 주스 한 캔으로 때웠을 뿐이다. 이것도 옳지 않다. 옳지 않다는 걸 알지만, 일어날 수가 없었다.

머리 한가운데서 작은 북소리가 울리고 있었다. 몸이 무거워 움직일 기력이 나지 않았다. 두통과 권태감은 복용 중인 약의 부작용이며, 지금이 그나마 나은 편에 속했다. 막 복용할 무렵에는 구역감이 심해서, 주치의에게 상담해 체질에 맞는 진토제를 처방받곤 했다.

계절의 꽃내음처럼 아이들의 목소리가 흘러왔다. 아파트 2층, 길거리에 면한 이 집은 곧잘 주위의 목소리들을 주워낸다. 이건 멈춤이라고 쓰여 있는 거야, 머엄추움. 뛰어들면 안 돼, 자, 오른쪽 살피고, 왼쪽 살피고. 알아듣도록 일러주는 어른의 목소리도 들렸다. 근처 어린이집 아이들이 선생님을 따라 산책을 하는 모양이었다. 부르면 네에, 하고 대답하는 목소리가 야무진 걸로 보아 유치원 졸업반 아이들일 것이다.

졸업반이던, 노란 베레모를 쓰고 등원하던 무렵의 나오의 볼 윤곽을, 가슴팍의 얇기를, 자그만 손가락의 힘 조절을 빼저리게 기억하고 있었다. 마트에서 돌아오던 저녁, 이별하는 상상을 견디다 못해 비닐봉지를 바닥에 내려놓고 그 작은 몸을 몇 번이나 안아 올렸다. 나오는 혀짤배기 소리로 "안고 싶어? 좋아" 하고 부드럽게 말하곤, 웃는 얼굴로 꼭 껴안아주었다. 최대한 평상시 목소리로 대답한 뒤 키티 자수가 놓인 스웨트셔츠로 눈물을 빨아들이며, 살아 있을 수 있는 모든 시간 동안 이 아이를 지켜주리라, 한평생의 애정을 쏟고 가리라 생각했다.

그러고 보면, 그런 생각을 했었다.

식탁 위의 그릇을 치우고, 식사를 하고, 진열장 위에 쌓인 우편물을 분류하고, 저녁거리를 사러 나가야 한다. 불쾌감을 억누르고자 눈을 감으니, 현기증과도 닮은 옅은 졸음이 쏟아졌다. 졸음기를 떨쳐내고 또 한 번 눈꺼풀을 들어 올렸다. 시곗바늘이 돌아가 있었다. 해의 위치가 달라져 소파 좌면에 내던져둔 손 위로 햇빛이 들이비쳐 있었다. 따듯했다. 손가락 언저리를 두둥실 떠도는 빛의 조각.

스페이스 데브리라는 생소한 단어가 머리를 스친 이유는, 어제 벽에 내던진 나오의 만화책이 우주를 배경으로 한 어드벤처물이었기 때문이다.

그 작품도 버리게 했다. 어쩔 수 없는 일이었다. 여덟 시까지 열심히 공부하기로 한 약속을 어기고 몰래 만화책을 읽고 있던 나오의 잘못이다. 약속을 어기면 이렇게 된다. 다른 이로부터 신뢰받을 수 없게 된다. 자신에게 득이 되지 않는다. 그 사실을 제대로 가르쳐야 했다. 버린다는 행위를 실감하게끔, 책장에 빼곡히 들어차 있던 몇백 권의 만화책 전부를 제 손으로 직접 매입용 박스에 담게 했다.

아아, 밤늦도록 혼을 내느라 체력이 소모된 탓에 오늘 몸을 일으키기가 유난히 더 힘든 것이다. 가야노는 손등으로 이마를 지그시 누른 채 돌아누웠다. 다섯 살의 나오는 너무도 천진난만했으며, 순수하고 사랑스러웠다. 열두 살의 나오는 거짓말만 한다. 불성실하고 꾀부리는 아이가 되고 말았다. 이대로 가다간 입학시험도 망쳐버리게 될 것이다.

필요한 훈육이다, 나오를 위해서다. 머릿속에서 수도 없이 되풀이했다. 다만 나오가 책상과 몸 사이에 숨기고 있던 만화책을 발견한 순간의, 머릿속이 새빨갛게 불타올라 그만 빼앗은 만화책을 벽으로 내던지고 만 그 불 회오리 같은 충동은 아무래도 과했다고 생각한다. 수많은 만화책을 상자에 떨리는 손으로 집어넣으며, 나오는 두 눈이 녹아내릴 것처럼 울고 있었다.

오후 세 시가 넘어갈 무렵에야 겨우 몸을 일으킬 수 있었다. 녹즙 분말과 꿀을 넣은 요거트를 먹고, 차를 마셨다. 허리와 무릎 통증에 시달리며 식기를 설거지하고, 집 정리를 했다. 식탁 주위에 떨어져 있던 가족들의 양말과 파자마를 주워 모아, 세탁기에 넣고 스위치를 눌렀다.

방치되어 있던 전단지 다발 속에서 단단한 감촉이 느껴졌다. 심장이 날카롭게 뛰었다. 손 밖으로 여러 장을 흘려가며 다발을 더듬었다. 두툼하게 부푼, 질 좋은 종이로 만들어진 길쭉한 봉투가 나왔다. 끄트머리엔 전통 있는 과자 브랜드의 로고가 인쇄되어 있었다. 부엌 가위로 봉투 끝을 잘라 안에 든 서류를 꺼냈다.

[응모해주셔서 감사합니다.]

동일본 화과자 클럽 주최, 제7회 하이쿠(5·7·5의 3구 17자로 된 일본 정형시의 일종—옮긴이) 경연대회에 응모해주셔서 대단히 감사합니다. 이번 경연대회는 역대 최다 참가자 수인 천오백일곱 분으로부터 응모를 받았습니다. 엄정한 심사를 거친 결과, 아쉽게도 이번 선발에서는 제외되셨음을 알려드립니다. 참가해주신 기념으로 본 클럽 홈페이지에서 이용 가능한 쿠폰을 선물 드립니다. 끝으로, 모든 참가자분들의 건승을 기원합니다.

봉투에는 탈락 통지서와 함께, QR 코드를 인식하면 화과자의 온라인 구매가가 100엔 할인된다는 컬러풀한 쿠폰이 동봉되어 있었다. 가야노는 그것들을 휴지통에 버리려다 잠시 망설이곤 부엌 찬장 서랍 안에 집어넣었다. 숨을 깊게 내뱉은 뒤, 캐리어를 끌고 장을 보러 나갔다. 양손에 무거운 짐을 들고 마트에 다녀오는 일도, 다섯 살 난 아이를 안아 올리는 일도, 이제는 어렵다.

재발과 뼈전이가 판명된 건, 유방암 수술을 받은 지 4년이 지나서였다.

신종 바이러스 확산에 따른 행사 중지로 인해 사업 유지가 어려워지면서, 가야노가 다니던 회사는 인원을 대폭 감축할 것을 발표했다. 일과 육아, 그리고 내 체력과의 균형을 감안해, 이번 기회에 근무 방식을 좀 바꿔봐야겠다. 남편 료스케와도 상의해 조기 퇴근 제도를 신청하고 이직 준비의 첫발을 떼려던 순간, 반년 만의 검진에서 그 이야기를 들었다.

깊은 충격에, 판정을 받은 직후의 기억은 몹시도 모호하다. 이직 준비는 일단 접어두고, 주치의와 장기적인 치료 계획을 논의했다.

그때, 나오는 아홉 살이었다. 모르는 누군가에게 애매한 설명을 듣는 것보다야 낫겠다는 생각으로, 가야노는 쉬는 날 둘만의 시간을 가졌다. 엄마의 가슴 한쪽이 없는 이유는 일찍이 그곳에 병이 생겨 수술을 받고 떼어냈기 때문. 그렇게 대략적으로만 이해하고 있던 딸에게 암이라는 병의 구조에 대해, 재발이라는 현상에 대해 되도록 알기 쉽게 설명했다.

이야기를 시작한 지 3분도 채 지나지 않아 나오의 표정이 흐려졌고, 딸의 의식이 순식간에 닫혀감을 알 수 있었다. 무서운 것이다. 엄마가 큰 병을 앓고 있다는데 무섭지 않을 아이는 없으리라. 제대로 이해하지 못하고 있는 줄 알면서도 어떻게든 준비한 내용을 전달했다. 마지막으로 겁먹은 마음을 조금이나마 누그러뜨리고자 덧붙였다.

"그래도 엄마는 나오의 결혼식을 보기 전까진 죽지 않을 거야. 걱정할 거 없어."

어른이 되어, 나보다도 널 사랑하는 사람이 나타나기 전까지는 죽지 않을 것이다. 네가 혼자가 되는 일은 평생토록 없을 것이다. 그렇게 말해주고 싶었다. 결혼식 따윈 까마득한 먼일이라고 생각한 모양이다. 나오는 경직된 뺨을 다소 누그러뜨리더니, 조그만 입술을 시옷 자 모양으로 만들고 끄덕였다.

오래 살아야겠다고 생각했다. 나오가 두려운 생각을 하지 않아도 되게끔, 나오가 나를 필요로 하지 않을 순간까지 오래오래.

올바르고 이성적인, 바라 마지않는 자신의 상像을 움켜쥐고 있는 건 가치 있는 일이다.

하지만, 그것만으로는 매일 하루를 원하는 모습으로 살

아낼 수 없다.

근처 마트에서 봄 양배추 반쪽과 새송이버섯, 삼겹살을 사서 저녁은 달짝지근한 된장으로 볶음 요리를 만들기로 했다. 아침마다 가족들이 잘 마시는 커피우유와 사과 주스도 카트에 담았다. 참, 달걀도 떨어졌지. 두부랑 다진 고기도 사서 조만간 나오가 좋아하는 마파두부를 만들어야겠다. 지금 제철인 바지락도 괜찮겠네. 이런저런 생각을 하는 사이 장바구니 속 물건들이 늘어갔다.

무거운 캐리어를 끄느라 지친 나머지 돌아오는 길은 공원 벤치에서 잠시 휴식을 취했다. 자판기에서 차를 뽑아, 호흡이 정돈되길 기다리다 목을 축였다. 옆 화단에 유채꽃이 피어 있었다. 빛을 내뿜고 있는 듯한, 한없이 밝은 노랑.

막 피어난 모양이었다. 꽃잎이 너무도 싱싱했다. 어릴 적에는 그냥 잡초라고만 생각했는데, 어른이 되고부터는 이런 소소한 꽃이 좋아졌다. 앞으로 몇 번이나 더, 하고 생각하고 싶지 않지만 생각하고 만다. 막 피어난 싱싱한 유채꽃을, 나는 앞으로 몇 번이나 더 볼 수 있으려나. 그렇게 생각한 순간, 아름다움이 눈에 노골적으로 보이기 시작해 꺼려졌다. 점점 환자 같아지고 있다. 히노하라 가야노—

어쩌면 오하시 가야노?—라는 개인이 병에 점령당해 세상으로부터 멀어져 가는 기분이었다. 슬픔이 물처럼 솟아올라 가슴에 고였다. 무겁고, 괴로웠다.

막연히 바라본 노랑 꽃 너머를 인근 주민들이 걸어 다녔다. 교복 차림을 하고 집으로 돌아가는 학생들. 자신과 마찬가지로 장을 보고 돌아가는 중장년. 정장을 입은 직장인. 똑같은 모자를 쓰고 다 같이 하교하는 초등학생들. 이 중, 살날을 의식하리만치 큰 병을 앓고 있는 사람은 얼마나 될까.

이 중에서, 역시 내가 제일 먼저 죽겠지.

너무 싫다, 하고 속으로 중얼거린 뒤 가야노는 차를 한 모금 더 마셨다. 혀 안쪽에서 생각지도 못한 화사한 향이 피어났다. 첫 모금 때는 목이 말라서 벌컥벌컥 들이켜느라 알아채지 못했다. 과일 맛이 나지만 달지는 않은, 맛이 굉장히 좋은 차였다. 라벨을 보니 남쪽 나라를 연상시키는 과일과 야자나무 일러스트 중앙에 '슈퍼 프레시 트로피컬 티—무가당'이라고 인쇄되어 있었다. 한 모금 더. 좀 놀라울 정도로 입에 잘 맞았다. 앞으로 눈에 보일 때마다 이 차를 사야겠다. 컨디션이 좋지 않을 때 조금씩 마시면 구역감을 가라앉혀줄지도 모른다. 효과가 있든 없든 심리적인 부적이 될 것이다.

후, 하고 향기로운 숨이 입술 밖으로 새어 나왔다.

시야가 좁아져 있었구나, 생각했다. 살날이 얼마나 남았는지는 아무도 모른다. 눈앞을 지나쳐 간 낯선 이들이 어떤 삶을 끌어안고 있는지도 알 수 없다. 대학 시절부터 인연을 맺어온 친구의 딸은, 태어난 지 고작 두 달 만에 세상을 떠나고 말았다. 그 어떤 생명도, 앞날을 내다볼 수는 없다. 그 사실 앞에서만은 모두가 평등하다. 자신 또한 이 트로피컬 티처럼 내게 무척이나 잘 맞고, 암세포를 극적으로 줄여주고, 나오의 결혼식은 물론 천수를 누리게 해줄 신약이 개발되리란 기대를 저버리지 않고 있었다. 손바닥 가장 깊은 곳에 내내 움켜쥐고 있었다. 그걸 놓아버리면, 압도적인 검은 강물에 휩쓸려 내가 내가 아니게 되어버릴 것만 같았다.

수압이 느껴져 몸이 휘청거렸다. 이제 가야겠다. 가야노는 벤치 등받이에 한쪽 손을 짚고 요통을 경계하며 조심스레 일어섰다. 할머니 같네, 하고 쓴웃음을 지었다. 할머니가 되지 못할 수도 있는데, 할머니 같다. 나는 할머니가 되고 싶다.

나오를 지켜야만 했다. 어떻게든 나오를, 가능한 한 성적이 좋고 학교 분위기가 안정된 사립 중고일관교(중학교와 고등학교를 통합해 6년제로 운영하는 일본의 교육 시스템—옮긴이)로 보내고 싶었다. 취업하는 데 크게 애먹지 않을 대학에 들어가 공무원이 되길 바랐다. 사회는 한동안 불안정할 것이다. 평생을 어려움 없이 살았으면 했다.

꽃가루 알레르기가 심해 빨래는 실내에 널어놓고, 쉬엄쉬엄 저녁밥을 만들었다. 일곱 시 반, 학원 수업을 마친 나오가 집으로 돌아왔다. 피곤한 모양인지 얼굴이 해쓱했다. 표정이 딱딱한 건 어젯밤 호되게 야단맞은 일을 마음에 담아두고 있어서일까.

"얼른 손 씻고 와."

"응……."

갓 지은 밥. 바지락과 무와 파를 넣은 된장국. 단 된장에 볶은 봄 양배추와 새송이버섯과 돼지고기. 거기다 공원에서 본 유채꽃이 아름다웠으므로 달짝지근한 달걀 소보로도 만들었다. 컨디션이 나쁠 때는 인스턴트 라멘이나 냉동 교자, 중국식 볶음밥에 의존하기 일쑤였다. 오늘은 알록달록하니 색감도 좋고, 영양 또한 듬뿍 담았다. 애써 장을 보러 나간 보람이 있었다. 오랜만에 자신이 제대로 기능한 기분이 들어 흐뭇해졌다.

나오가 멍한 얼굴로 식탁 의자에 앉았다. 귀여운 동물 영상을 소개하는 버라이어티 프로그램을 보며 젓가락을 들려 했다.

"잠깐, 손 안 씻었잖아."

"……씻었어."

나오는 왜 이런 쓸데없는 거짓말을 하는 걸까. 부엌과 식탁을 분주히 오가고 있었다지만 물소리가 나지 않은 건 느낌적으로 알고 있었다. 눈을 맞추려 하자 토라진 얼굴로 고개를 돌렸다.

"깨끗이 씻고 와. 감염 예방은 아직 철저히 해야 해. 얼른, 밥 식어."

"씻었다고!"

분노가 스멀스멀 관자놀이를 기어올라 뇌를 마비시켰다. 난폭하게 자리에서 일어나 세면대의 수건을 쥐었다.

"하나도 안 젖었잖아. 그런 거짓말은 왜 하는 거야!"

"끝부분으로 닦았어!"

"말을 말자. 왜 손도 하나 제대로 못 씻는 거야! 엄마 감기 걸리면 큰일 나는 거 몰라서 그래!"

괴로워, 하고 가슴 안쪽에서 앓는 소리가 났다. 강물의 수위가 높아졌다. 수압이 강해져, 떠내려갈 것만 같은 무릎이 오들오들 떨렸다. 붙잡을 것을 더듬는 손이 수면 아래로 가라앉았다. 나는 건강하지 않다. 건강하지 않지만, 바둥거리고 있다.

"넌 엄마가 죽었으면 좋겠어!"

이토록 냉랭한 증오를 품은 제 목소리는 들어본 적이 없었다. 나오는 눈을 휘둥그레 떴다. 이내 손가락이 박혀 깨져버린 달걀처럼 얼굴을 잔뜩 일그러뜨리더니 울음을 터뜨리기 시작했다. ―얘는 툭하면 운다. 자기가 잘못한 주제에 운다. 사과도 반성도 하지 않고 울면 그만이라는 생각이다. 몸에 약은 꾀가 배어 있다.

"손 안 씻을 거면 먹지 마! 네 방으로 가!"

"시, 싫어! 싫어!"

"가라니까!"

나오는 고개를 숙이고 자리에서 일어나 제 방으로 들어갔다. 귀에 거슬리는 TV 소리를 끄고, 가야노는 소파에 앉았다. 후, 후, 하는 가쁜 호흡이 차츰 가라앉았다.

몸을 에워싼 폭풍 같은 분노가 급속도로 무산되어 어안이 벙벙했다.

식탁에는 손도 안 댄 요리들이 남아 있었다. 왜일까. 나는 저것들을 나오에게 먹이고 싶었는데. 나오도, 먹으려고 했는데. 힘들게 나갔다 와서, 좋아하는 재료들을 사서 준비했는데.

울음을 터뜨린 나오는 약은 게 아니라 가여웠다. 늦은 시간까지 공부하다 굶주린 배를 끌어안고 집으로 온 것인데. 머리가 지끈거렸다. 심호흡을 한 뒤 진통제를 먹었다. 애가 타는 기분으로 복도를 걸어가 나오의 방으로 향했다. 문 너머로 훌쩍이는 소리가 새어 나오고 있었다.

노크를 하고 문을 열었다. 나오는 이쪽을 등지고 침대에 앉아, 번데기처럼 이불을 제 몸에 친친 감고 있었다.

"밥 먹……."

어, 라는 말을 잇지 못하고 가야노는 부푼 이불을 바라보다 거실로 돌아갔다. 일단은 진통제가 들을 때까지 쉬기로 했다. 두통이 가라앉지 않으면 나오가 나와도 또다시 말다툼만 하다 끝날 것이다. 소파에 가로누워 눈을 감았다.

그대로 짧게 의식을 잃고 있었다. 작은 말소리에 눈이 떠졌다. 보아하니 료스케가 돌아온 모양이었다. 현관 쪽에서 나오와 무슨 이야기를 주고받고 있었다. 료스케는 조금 어이가 없다는 듯한, 지긋지긋하다는 투로 말했다.

"그런 말 해봐야 무슨 소용이 있어, 엄마는 병에 걸렸잖아."

료스케는 병이라는 단어를 사뭇 다른 단어처럼 발음했다. 이 대화는 듣지 않는 편이 좋겠다. 가야노는 눈을 감았다. 왜 사는 걸까. 구태여 괴로움을 겪어가며 목숨을 부지하고, 나오에게 상처를 주고, 오늘도 아무것도 못 하면서, 왜.

내가 빨리 죽어야, 남편도 딸도 편해질 수 있지 않을까.

내디딘 발이 구렁에 빠져, 머리끝까지 푹 시커먼 강물에 가라앉았다.

암이 막 재발했을 무렵, 대학 시절부터 친구인 모리사키 아오코가 성당에 데려가 준 적이 있다. 일찍이 그녀가 유급 자원봉사를 했다는 곳이었다. 그 성당은 인근 가톨릭계 병원과 제휴해, 주말마다 다양한 질병의 환우회 모임을 열고 있었다.

[재발했거나 전이된 암 환자를 지원하는 모임이 있다는데, 한 번 가볼래?]

메신저 앱으로 받은 조심스러운 제안에, 처음에는 그리 구미가 당기지 않았다. 다만 내내 우울해하며 살아갈 수도 없는 노릇이었다. 앞으로의 삶에 대해 무언가 힌트가 필요했으므로 참가하기로 했다.

같은 환자들끼리 경험을 주고받고, 현재의 고민과 훗날의 치료에 대해 정보를 교환했다. 온화하며 분위기 좋은 모임이었다. 재발했다고 모든 것이 끝나는 게 아니라, 그 후로도 지금까지와 똑같은 지평地平의 일상이 이어진다는 것. 살날은 의사로부터 전해 듣는 게 아니라, 스스로 정하는 거란 마음가짐으로 살아가라는 것. 재발한 암을 치료하며 몇십 년을 살아온 환자 하나는, 그런 이야기를 하면서 주위를 격려하고 있었다. 마지막에는 사회를 맡은 젊은 신부가 병과 공존하는 삶의 힌트로 삼길 바란다며 성경 한 구절을 소개했다. 하느님의 아들 예수는 외롭고 괴로운 이의 동반자가 되어준다고 한다.

20대일 때 들었더라면 조금도 와닿지 않았을 것 같다. 그러나 자신의 죽음에 대해 수도 없이 생각해온 가야노는, 인간 사회에서 종교를 필요로 해온 이유를 막연히 상상할 수 있게 되었다. 살아가다 보면 이따금 거친 산을 올라야만 하는 때가 있다. 동반자를 원하게 되는 건 극히 자연스러운 마음 변화이리라.

다만, 자신은 동반자보다 훨씬 단순한—그렇구나, 이걸 위해 태어난 거구나, 하고 납득할 만한 것이 필요하다는 생각이 들었다. 꽉 붙들 수 있는, 단단하고도 알기 쉬운 실감이면 좋을 듯했다.

환우회 모임을 마치고, 스테인드글라스가 아름다운 성전에서 아오코를 기다렸다. 고요하고 근사한 곳이었다. 히노하라 가야노, 오하시 가야노, 나오짱의 엄마, 오하시 료스케의 아내, 암으로 투병 중인 환자—평소 여러 겹으로 포개져 윤곽을 흐리던 필터가 바짝 수렴되어, 오랜만에 확실한 질량을 지닌, 그저 한 사람으로 되돌아간 기분이었다.

앞을 보고 있으려 했는데, 문득 눈꺼풀이 들렸다.

눈앞 TV에는 얼마 전 동영상 스트리밍 사이트에 막 공개된 우타다 히카루의 라이브 영상이 나오고 있었다. 또다시 제집 거실이었다. 나는 이곳에서 나갈 수 없다. 이 인생에서.

"깼어?"

옆에 놓인 1인용 소파에는 아오코가 편안한 자세로 앉아 있었다.

"미안, 잠들었네."

"피곤해서 그래, 더 자."

가볍게 말하곤, 아오코는 머그잔에 남은 밀크티를 입에

댔다. 몸을 일으키려 팔에 힘을 실은 가야노는 옅은 두통을 느끼고 쿠션에 도로 머리를 기댔다. 아오코는 기력을 써가며 씩씩한 척할 필요 없는 상대다. 그런 판단이 서자 퍼뜩, 자신이 나오와 료스케의 앞에선 어느 정도 허세를 부리고 있음을 깨달았다. 결혼할 때는 맞벌이로 일하며 함께 열심히 벌어보자고 해놓고, 지금은 매달 상당한 액수의 병원비를 료스케 혼자에게만 짊어지우고 있었다. 나오 앞에서는 되도록 일관된, '엄마'라는 존재를 쉼 없이 유지해야만 했다.

"가야노."

히노하라 가야노는 어렸고, 자유롭지 못했다. 오하시 가야노에게는 수많은 역할이 따라붙어 있었다. 나오짱의 엄마, 오하시 료스케의 아내는 기쁨인 동시에 크나큰 에너지를 요하는 책무다. 암으로 투병 중인 환자—그것은 상태이며, 내가 아니다.

"아오코."

"응?"

"다시 불러봐."

"뭘? 이름을?"

"응."

"가야노."

"다시."

"왜 그러는데? 가야노. 막 사귄 애인 사이도 아니고. 료스케 씨한테 불러달라 그래."

료스케 씨한테는 이미 병으로 제정신이 아닌, 제대로 된 대화가 불가능한 사람으로 여겨지고 있어. 입 밖에 내지 못하고, 가야노는 습관적으로 웃었다.

"막 사귄 애인이나 같이 산 지 오래된 남편이 내 이름 부른다고 이렇게 편안한 기분이 들겠어?"

"편안해져?"

"응. 아오코가 불러주면, 엄청 복잡하고 힘들었던 감정이 싹 사라져."

"가야노."

"고마워."

"이런 것쯤이야 얼마든지 할 수 있지. 몇 번이고 불러줄게."

친구에게 그저 '가야노'로서 이름이 불리면 성당에 홀로 있었을 때처럼 그 어떤 역할도 부여받지 않은, 완전하고 자유로운 나 자신이 인식되는 느낌이었다. 호흡이 깊어져 기분 좋게 돌아누웠다.

"그나저나 나오짱은 요즘 어때? 이제 곧 입시지?"

별것 아닌 질문에 대답이 나오지 않아, 가야노는 잠시 입을 다물었다.

아오코는, 함께 있으면 그 누구보다도 마음 편한 소중한 친구다. 그러나 친구에게는 친구의 인생이 있고, 그렇기에 더더욱 하기 어려운 이야기도 있다.

일찍이 갓 태어난 아이를 떠나보내고 그 존재를 줄곧 제 안에 살려둔 채 살아가는 아오코에게, 가야노는 차마 '아이와 같이 있기 힘들 때가 있다'는 고민을 털어놓을 수가 없었다.

아오코가 마치 제 심장과도 같이 아이를 가슴 깊이 품고 살 수 있는 건, 죽은 아이이기 때문이다. 살아 있는 아이와는 매일, 매일, 상처를 주고받은 서로의 몸에서 피가 솟구치리만큼 남남이다. 그런 잔혹한 감상이 들 때마저 있었다. 물론 아오코의 삶의 방식이 틀렸다고는 생각지 않는다. 그렇게 살기로 선택한 것이라 생각하며, 조금이라도 편안히, 행복하게 살아갔으면 싶다.

다만, 내 인생과는 다르다. 다르다는 사실은 부인할 수 없다.

"응, 곧 입시……. 큰일이야."

"그렇구나."

무슨 속뜻을 감지한 것이리라. 아오코는 간단히 수긍하곤 그 이상 파고들지 않았다.

"허리, 지금도 아파?"

"응."

"주물러줄까?"

"부탁할게."

아오코는 이영차, 하는 우스꽝스러운 기합 소리와 함께 엉덩이를 들더니, 가야노가 누운 2인용 소파의 빈자리에 앉았다. 가야노의 허리에 손바닥을 대고 슬슬 원을 그리듯 문질렀다.

"시원해."

"다행이다."

"잠이 또 오네."

"자도 돼."

"좀 있음 저녁 준비해야 해."

"배달시키면 되지."

"으음…… 내가 병원 가는 날은 나오 끼니를 남편이 챙겨주는데, 일 끝나고 와서 살 수 있는 간단한 메뉴로는 아무래도 피자나 햄버거 같은 게 많거든. 성장기기도 하고,

평소에는 되도록 영양가 있는 음식을 먹이고 싶어…….
아아, 택배함에 온 물도 옮겨놔야 하는데."

"에이, 그러다 허리 다쳐. 물 옮기는 건 료스케 씨한테 부탁하든지, 정 아니면 나오짱 올 때까지 기다렸다가 도와달라고 해."

"나오한테 도와달라곤……."

못 한다고 생각했다. 부탁하고 싶지 않았다. 설설 고개를 저으며 말끝을 흐렸지만, 아오코는 더 이상 대충 넘어가지 않았다.

"이제 열두 살이잖아. 간단한 심부름 정도는 시켜도 된다고 보는데."

"그치…… 그렇긴 한데……."

부랴부랴 할 말을 찾았다. 기피감의 윤곽을 파악하기 어려웠다.

"……그러니까, 그게 말야."

졸음과 싸우며 눈을 껌뻑였다. 친구가 곁에 있는, 밝고 안심할 수 있는 거실 풍경에 어두컴컴한 강수면이 미끄러져 들어왔다. 차가운 물에 옥죄여 몸이 비거덕댔다. 짜부라질 것만 같았다.

"내가 죽고 나면 걔는 이제…… 아빠가 야근하는 날은

자기 밥을 스스로 챙겨 먹어야 해. 내가 살아 있는 동안만은 어린애일 수 있게 해주고 싶어."

강물을 걸어가는 가야노는 등에 나오를 업고 있다. 탁류에 휩쓸리려는 이 순간, 발밑에 놓인 견고한 다리를 걸어가는 다른 숱한 부모와 아이들을 올려다보고 있었다. 내가 강물을 걸어가야 하는 건 불가피한 일이다. 다만, 내 밑에서 태어났다는 이유 하나로 나오에게도 똑같은 공포를 가져다주고 있다. 그 사실에 엄청난 죄책감이 들었다.

아오코는 얼마간 입을 다물고 있었다. 어느샌가 멈춰 있던 손을 움직여, 또다시 가야노의 허리를 주무르기 시작했다.

"가야노는 나오짱이 불쌍한 거구나."

"……응, 맞아. 아오코도 그렇잖아."

그렇기에 친구는 지금도 제 안에 조그마한 아기를 살려두고 있는 것이다. 뒤돌아보자 아오코는 천천히 눈을 깜빡였다. 햇빛을 받아 희끄무레 아물거리는, 저 멀리 바라보이는 수평선처럼 아련하고 고요한 얼굴을 하고 있었다.

"이제는 그런 생각 잘 안 들어. 뭔가 좀 알아낸 기분이거든. 내가 바꿀 수 있는 건 내 운명뿐이란 걸. 아이의 운명은, 그게 어떤 것이든 그 애 혼자서 짊어질 수밖에 없어.

부모가 해줄 수 있는 일은 그걸 완수해나가는 모습을 칭찬하는…… 칭찬한다기보다 말 그대로 존경심을 가지는 거지. 응, 나는 나기사를 존경하고 있어. 앞으론 내가 내 운명을 결정해나가는 모습을 지켜봐 주길 바랄 뿐…….”

나오짱은 괜찮을 거야, 하고 아오코는 이어 말했다.

“똑 부러진 애잖아. 가야노가 오래오래 살 거라고 믿고 있어. 하지만 혹시나, 만에 하나 헤어져야만 한대도, 그 애는 하루하루를 착실히 살아가고 또 성장해서 어른이 될 거야. 조금도 불쌍하지 않아.”

“난 나오한테 상처를 주고 있어. 참 꼴사납지. 차라리 얼른 사라져버리는 편이 나을 정도야.”

“입은 상처는 어른이 되면 스스로 치유해. 우리도 그랬잖아. 어엿한 어른이 될 거야. 그러니 나오짱을 어떻게 해보려 하지 말고, 가야노는 스스로를 충족시킬 방법을 고민하며 살아가도록 해봐. 좋아하는 일을 하든, 어디론가 놀러 나가든 말이야. 즐겁게 사는 엄마를, 나오짱도 분명 지켜보고 있을 테니까.”

돌아갈 때, 아오코는 아파트 무인 택배함에 들러 인터넷으로 구입한 물이 든 상자를 가야노의 집 팬트리장까지 옮겨주었다.

"무거워라! 이런 걸 허리 아픈 사람이 옮기려 그랬어? 바보같이. 다음부터는 꼭 다른 사람한테 부탁해."

"그럴게."

뭐, 어렵겠지만 가능하면.

쓴웃음을 띠고, 가야노는 아오코를 배웅하기 위해 함께 아파트 현관으로 내려갔다. 저물어가는 황금빛 하늘 아래, 봄 분위기 물씬 풍기는 리넨 셔츠 원피스의 옷자락을 나부끼며 멀어지는 친구의 등에 대고, 크게 손을 흔들었다.

여행을 가고 싶다는 말은 좀처럼 꺼낼 수 없었다.

가뜩이나 병원비가 많이 들고, 나오의 입학시험도 있고, 집안일도 제대로 못 하는데, 라는 생각으로 원래의 취미였던 여행을 무의식적으로 자제하고 있었다.

하지만 아오코가 돌아간 뒤, 가야노는 몹시도 바다가 보고 싶어졌다. 수평선이 드넓게 뻗어 있는 단조로운 풍경을 가만히, 시간에 구애받지 않고 바라보고 있고만 싶었다.

하체 힘이 없어 혼자서는 불안하니 함께 가달라고 가족들에게 부탁했다. 료스케는 지금은 좀 바쁜 시기라, 하며 난색을 표했지만, 직장과 잘 협의되었는지 며칠 후 "조율

했어" 하고 수락해주었다. 나오는 공부를 잠시 쉴 수 있다며 기뻐했다.

료스케와 교대로 차를 운전해, 오랜만에 온천수가 나오는 바닷가 여관에 묵었다. 짐을 풀고 셋이서 가족탕에 들어간 뒤, 나오와 함께 여관 내 기념품 가게를 둘러보았다. 집을 떠나오니 기분이 무척 좋아져 발이 가볍게 느껴졌다. 모래사장에는 가족끼리 한 번, 혼자서 두 번 나갔다 왔다. 다행히 온종일 날이 맑아 보얗게 눈부신 하늘과 푸르른 남빛 바다가 저 멀리 교차하는, 가장 좋아하는 풍경을 볼 수 있었다.

해가 저문 뒤에는 본고장의 어패류를 듬뿍 사용한 저녁을 여관방에서 먹었다. 어른 둘이서 중간 크기의 병맥주를 나누어 마셨다. 나오는 선명한 주황빛의 병 오렌지주스를 즐거운 듯 컵에 따라 마시고 있었다.

식사 후 잠깐 휴식을 취한 다음, 가야노는 모처럼 가족탕 말고 대욕탕에도 가보려고 엉덩이를 뗐다.

"아, 나도 갈래!"

여관에 비치된 핑크색 어린이용 진베이(여름용으로 통풍이 잘되고, 소매와 바지 기장이 짧은 일본의 전통 의상—옮긴이)를 입은 나오가, 서둘러 수건걸이에서 자기 수건을 집어 들고 뒤따라왔다.

“가슴 빤히 쳐다보는 사람 있으면, 앞에 앉아서 가려줄 게.”

“에이, 괜찮아. 아무도 안 볼 거고, 엄마는 그런 거 신경 안 써.”

웃으며 가벼운 거짓말을 한 뒤, 유카타(홑겹의 기모노—옮긴이)와 진베이를 벗고 욕탕으로 들어갔다. 때마침 다른 이용객의 모습은 없었다. 가족탕에서 이미 목욕은 마쳤으므로, 뜨거운 물을 끼얹고 곧바로 다갈색 탕에 몸을 담갔다. 나오는 양팔을 벌린 채 헤엄치듯 움직이기 시작했다.

“가족탕보다 색이 진하네.”

“바닥이 깊고 물이 많아서 그래 보이는 거 아냐?”

“아, 눈에 들어가니까 따가워! 으아, 모르고 얼굴에 끼얹었어.”

“진정하고 샤워기로 씻고 와.”

부산스레 샤워 공간으로 향하는 나오를 무시하고, 벽에 붙은 온천 설명 글을 읽어보았다. 이 온천은 아이오딘이 대량 함유된 염화물 온천인 모양이었다. 피부 미용에 효과가 있으며, 목욕 후 한기가 덜하다고 한다. 염분 농도가 높은 탓인지 바닷물처럼 몸이 살짝 뜨는 느낌이 들었다. 억지로 탕 바닥에 엉덩이를 붙이기보다, 탕 가장자리에 두 팔을 얹고 엎드려 몸을 뒤로 뻗는 자세가 더 안정적이었다. 허리에 부담이 가지 않아 편안했다.

바다를 향해 널찍이 설치된 대욕탕 창으로는 달이 보였다. 머지않아 보름달이 되도록 차오른 모습으로, 맑고 깨끗한 빛을 내뿜고 있었다.

"나오도 해봐. 몸이 둥실둥실 떠서 기분 좋아."

"응."

옆에서 딸이 같은 자세를 취하곤, 다갈색 온천물에 하얀 몸을 뻗었다. 순수하고 사랑스러운 아이. 아직 부모에게 사랑받고 싶은 아이. 자신을 그토록 들볶은 엄마의 환심을 사려 하고 있다. 자유롭지 못한 아이. 눈에 짠물이 들어간 기분에, 가야노는 눈을 껌뻑였다.

언젠가, 딸의 인생은 엄마에 대한 미움을 자각하는 데서 비롯되겠지. ─건강하게 살았으면 좋겠다. 영원히, 영원히.

이내 풋, 하고 웃음을 참는 소리가 터져 나왔다.

"왜?"

나오는 못 참겠다는 양 입가를 가린 채 등을 달싹거리고 있었다.

"엄마도 나도 엉덩이만 떠올라서, 달 두 개가 나란히 놓여 있는 것 같아."

뒤를 돌아보니 그 말이 꼭 맞았다.

가야노는 옆에 뜬 달을 찰싹 때리곤, 물결을 일으키며 웃었다.

잠시 휴식

매화꽃이 피어 있었다. 아직 2월이었다.

마음 같아서는 매화꽃 한 가지를 선물하고 싶었다. 컵에 꽂아두기 딱 좋을 법한, 꽃망울이 일곱 개쯤 달린 백매 잔가지가 꽃집 앞에 놓여 있던 것이다. 지난날, 지금 문병을 가는 친구와 놀러 갔던 납매원의 풍경이 떠올랐다. 그때 그 안락함을, 둘이 함께 되새기고 싶었다.

그러나 향이 짙은 꽃은 다른 입원 환자에게 폐가 될지 모른다. 조금 망설이다, 모리사키 아오코는 백화점 지하에 있는 화과자점에서 매화꽃 모양의 화과자를 샀다. 친구가 못 먹더라도 그 나름 괜찮겠다, 생각했다. 눈으로 보고 조금이나마 즐거울 수 있다면 충분했다. 사는 김에 모둠 과일도 샀다. 비싼 가게를 고른 덕에 오렌지도 딸기도 키위도 과육이 꽉 차 있었다. 친구는 과일을 좋아한다. 우에노의 아메요코 시장에 가면 함께 과일 꼬치를 사 먹는 일이 많았다. 학창 시절부터 "이걸로 할래" 하고 그녀가 가리킨 차나 술에는 심심찮게 과즙이 들어 있었다.

병실은 4인실이었다. 입구에 걸린 이름판으로 보아 창가에 설치된 두 개의 침대 중 하나, 하얀 커튼으로 빙 에워싸인 쪽이 친구의 침대였다. 천 너머로 희미하게 푸쉬, 푸쉬, 하는 바람 빠지는 소리가 났다. 무슨 치료를 받는 중이려나 싶어 주저하며 말을 건넸다.

"가야노, 나 아오코야. 지금 괜찮아?"

곧바로 "오오" 하는 느긋한 목소리가 돌아왔다.

"응, 괜찮아. 커튼 열고 들어와. 나오, 나오."

손으로 커튼을 젖히고, 아오코는 구분된 공간으로 들어갔다. 창문으로 햇빛이 들이비쳐 안쪽은 환했다. 가야노는 탁한 하늘색에 흰 잔꽃 무늬가 흩어진 파자마 차림으로, 등판을 들어 올린 의료용 침대 매트리스에 등을 기대고 있었다. 가슴께엔 책장을 펼친 문고본이 엎어져 있었다. 가야노의 양 무릎에서 발목까지는 웬 두툼한 밴드 같은 것이 감겨 있었고, 그 밴드가 몇 초마다 푸쉬, 하고 부풀곤 푸쉬, 하고 오므라들었다. 안마기 같아 보였다.

그리고 그 안마기와 문고본 사이, 정확히 가야노의 허리 부근에 여자아이가 달라붙어 있었다. 창문을 등지고 침대 옆 둥근 의자에 앉은 아이는 가야노의 딸 나오였다. 어릴 때 몇 번 보았을 뿐이지만 가야노를 꼭 닮은 동그랗고 귀여운 이마와 서글서글하고 심지가 강해 보이는 눈은 그대로여서, 아오코는 금세 알아볼 수 있었다. 중학생—아니, 벌써 고등학생이려나. 탄력 있는 긴 흑발을 질끈 동여맨 포니테일 스타일을 하고, 민들레색 케이블 니트에 시폰 소재의 흰색 플리츠스커트를 받쳐 입고 있었다.

나오는 눈을 느릿느릿 깜빡이며 아오코를, 뒤이어 가야노를 올려다보았다. 뺨에 흐릿하게 자국이 남아 있었다. 조금 전까지 엄마의 몸에 볼을 대고 잠들어 있던 모양이다.

"나오, 이제 점심 먹고 와."

"응……."

"푸딩 아라모드(푸딩에 생크림, 과일 등을 곁들인 일본의 디저트—옮긴이) 시켜도 돼."

"네에."

가야노의 말에 나오는 순순히 일어섰다. 스쳐 지나는

찰나의 순간, 아오코에게 꼬박 고개인사를 하고 병실을 나갔다.

"나오짱, 많이 컸네. 예쁘라. 이마도 여전히 똑 닮았고."

"후후, 고마워. 4월부터 드디어 고등학생이야. 길고 길었지."

"중고일관교지? 뭐가 좀 달라지나?"

"전혀. 바뀌는 건 실내화 색깔 정도려나. 매일 폴짝폴짝, 씩씩하게 배구 하고 있어."

"낮잠 자는데 깨웠네. 타이밍도 참."

"아냐, 식당 점심시간도 끝나가서 슬슬 깨워야 했어."

"가야노는 점심 먹었어?"

"먹었어."

"뭐 먹었어?"

"으음, 나폴리탄 스파게티랑 샐러드. 맛이 별로더라고."

입을 삐죽거리며 어깨를 으쓱했다. 식욕이 나지 않는 건 메뉴 탓이라고 말하고픈 모양이었다. 저염 등 무언가 특이 사항을 고려한 병원식이 입에 맞지 않는 것일까.

"그럼 마침 잘됐다."

매화꽃 화과자와 모둠 과일을 꺼내자 가야노는 눈을 번쩍 떴다.

"오오, 예쁘다."

"먹을 수 있겠어? 물론 지금 안 먹어도 괜찮아."

"오렌지나 좀 먹어볼까."

"그래그래."

과일 용기에 딸린 작은 포크를 사용해, 가야노는 색이 짙은 한 조각을 끄트머리부터 조금씩 베어 먹었다.

푸쉬, 하고 또다시 친구의 다리를 감싼 밴드가 김빠지는 소리를 냈다.

"이건 뭐야?"

"아니, 허리 아파서 수술했더니 혈액 순환이 잘 안 돼서. 혈전을 예방하느라 밀어 올리고 있는 거야."

"아, 안마기 맞구나."

"응응. 나오가 재밌다면서 볼을 온종일 갖다 대고 있어."

친구의 온화하고도 밝은 목소리를 들으며 다행이다, 생각하기보다 건강해 보인다, 라고 아오코는 속으로만 생각했다.

가야노의 입원은 이걸로 몇 번째일까. 암 치료를 위한 입원도 있었고 이번처럼 통증이나 트러블을 위한 대처 등 다른 이유로 입원하는 경우도 있었던 모양이다. 그러나 요즘은 줄곧 괜찮아 보였고, 이따금 영화관에서 함께 신작 영화를 보거나 역 앞 홀에서 만담을 듣기도 했다. 멀리 나가면 몸에 무리가 갈 것 같아 근처에서 노는 때가 많았지만, 그럼에도 늘 즐거웠다.

작년 가을에는 대학 합기도부 동기였던 두 친구도 끼워, 요코하마항 근처의 새로 생긴 카페에서 정박해 있는 아름다운 배들을 바라보며 팬케이크를 먹었다. 과일 버터와 희귀한 꿀이 듬뿍 사용된 그것은, 디저트 맛집 탐방에 빠져 있는 친구 중 하나가 추천해준 것으로 무척이나 맛있었다. 돌아오는 길 차이나타운에서 시시덕거리며 딤섬을 사는 것도 빼놓지 않았다.

아오코도 다른 두 사람도, 가야노는 이제 쭉 건강하지 않을까 하는 생각을 하고 있었다. 그래서 1월 말에 또다시 입원을 했다는 이야길 듣고 깜짝 놀랐다.

"지금도 어디 아픈 데 있어?"

"아니, 지금은 진통제가 들어서 괜찮아. ……아아, 근데 부탁 하나 해도 돼?"

"그럼. 뭔데?"

"손이 저려서. 주물러줄 수 있어?"

"물론이지."

아오코는 나오가 쓰고 있던 둥근 의자에 앉았다. 내밀

어 온 가야노의 왼손을 잡았다. 손톱이 타원형으로 다듬어진, 갸름한 손이었다. 만져보니 선득 사늘했다. 색이 엷어서인지 손등의 청잣빛 정맥이 두드러졌다.

아아 가야노의 손이다, 하고 아오코는 두 손으로 붙들며 스며들듯 느꼈다. 합기도는 한쪽 손목을 잡아 밀고 당기며 시작하는 기술이 아주 많다. 대학에서 보낸 4년 동안 거의 매일같이 만져왔으므로 가야노를 비롯한 동기들의 손은 손목의 감촉도, 손바닥의 두께도, 손가락 끝의 움직임도 손이 막연히 기억하고 있다.

움푹 팬 손바닥 중앙에 엄지손가락을 대고, 우선은 몇 차례 위치를 바꿔가며 조금조금 밀어 넣었다. 그런 다음 엄지 손허리뼈의 보드라운 언덕, 손목 주변, 검지부터 소지의 손허리뼈로 손가락을 조금씩 미끄러뜨렸다. 차츰 가야노의 손끝에 힘이 풀려 흐물흐물 둥그레졌다.

"시원해."

"다행이다."

"어중간하게 찌르르해서 불편한 정도라, 간호사님한테 자꾸 부탁하기도 뭣하더라고."

"반대쪽 손도 주무를까?"

"부탁할게."

주무른 쪽 손은 혈색이 눈에 띄게 좋아졌다. 뿌듯한 마음이 들어 아오코는 오른손도 정성껏 주물렀다.

"그러고 보니 얼마 전에 겐겐하고 다쿠짱이 와줬어."

"그랬구나. 잘들 지내?"

겐겐하고 다쿠짱—요코하마에 함께 갔던 두 동기와는 가야노의 입원 일로 연락을 주고받았고, 처음에는 문병을 다 같이 가려 했지만 일정이 맞지 않았다. 가야노는 재미있다는 듯 크크크, 하고 목을 울리며 끄덕였다.

"둘이 나란히 의자에 비좁게 앉아서는, 안절부절못하는 게 웃겼어. 밑에 싸라기설탕이 깔린 비싸 보이는 카스텔라를 들고 와줬고. 겐겐이 추천한 거래."

"다쿠짱, 이혼한 거 맞지?"

"맞아! 깜짝 놀랐어. 그래도 아내분이랑 사이가 나빠져서 그런 건 아닌 모양이야. 4월부터 큰애는 이쪽으로 넘어온대. 다쿠짱하고 살면서, 도내 사립 중학교에 다닌다더라고."

"그럼 합의해서, 서로의 삶을 위해 헤어진 느낌인 건가."

"다쿠짱이 이혼을 할 줄이야."

"그러게, 우리 중 결혼 생활이 제일 잘 맞을 것 같았는데. 역시 사람 일은 모르는 거구나."

"아오코는 요즘 어때?"

"뭐, 그럭저럭 지내고 있어."

실은, 꽤나 힘겨운 나날이었다. 강사로 있는 가족 경영 보습 학원은 여전히 소통이 잘 안 되며, 운영할 의지도 능력도 없는 상사 밑에서 불합리한 지시를 받는 일이 당연해져 있었다. 한때는 순조롭던 번역 일도 괜찮은 일감을 물어다 주던 번역 회사와 연이 끊겨버렸고, 노력과 대가가 맞지 않는 업무가 이어지면서 버거워진 상태였다. 마흔을 넘기고, 슬슬 일의 방식을 재구축해야겠다는 생각이 들던 참이었다. ―하지만 어떻게든 되겠지, 해나가자, 생각하고 있었다.

"얼마 전에 나온 나비 그림책 읽었어."

"정말? 고마워. 얘기했음 보내줬을 텐데."

지난해 번역한, 열대 우림에 사는 나비의 그림책을 말하는 것이었다. 애벌레로 살고 싶었지만 번데기가 되고 만다. 번데기로 살고 싶었지만 나비가 되고 만다. 의지와는 상관없이 커져만 가는 몸에 당황하던 나비는 열대 우림에서 만난 친구들과의 교류를 통해, 제 안의 변화하는 부분과 변화하지 않는 부분을 이해함으로써 비로소 제 몸을 아름답다 여긴다. 그런 내용의 초등학교 고학년용 작품이며, 나비의 의식이 변화함에 따라 등에 진 날개가 점차 선명히 빛나듯 그려진 그림이 멋스러웠다.

"아오코가 느껴졌어."

"에이 무슨, 작가가 쓴 작품인걸."

"그렇긴 한데 뭐랄까, 나비의 목소리가 귀에 생생했거든. 남미의 작가가 만들어낸 나비가 이렇게나 생생한 우리 말을 할 수 있게 된 건, 아오코라서 그렇다고 생각했어. 아오코가 그 나비의 심정을 정확히 알고 있어서라고."

"고마워. 그렇게 말해주니 기쁘다."

"고맙긴 뭘. 좋은 책이더라. '나도 날개가 있지!' 생각하게 됐어."

"가야노는 언제든 무지무지 멋져. 번쩍번쩍한 모르포나비야."

언제나 장난스러운 투로 말하게 되지만, 아오코는 진심으로 그렇게 생각하고 있었다. 가야노의 병세가 특히 심각했던 한때, 제 딸을 모질게 대하게 된다며 신음하듯 고백하던 날조차 그녀가 좋았다.

수다를 떨며 계속 주무르다 보니 이윽고 가야노의 손은 양쪽 모두 따스해 보이는 연홍빛이 되었다.

"어때?"

"많이 좋아졌어. 고마워."

손을 쥐었다 폈다 하던 가야노는 아무렇지 않게 아오코의 손목을 잡았다. 쭉 뻗은 검지 손허리뼈에 힘을 집중시키더니 거침없이 손목에 기술을 걸어왔다. 맥부脈部라 불리는 연약한 부분이 정확히 압박되었고, 극심한 통증에 아오코는 신음했다.

"아야야야야, 그만, 그만, 왜 기술을 걸고 난리야! 이게 진짜!"

"우후후."

"가야노, 우리도 이제 나이가 마흔인데 갑자기 이러지 좀 말자. 대중 사회에 적응해야지."

"손 닿으니까 근질근질해서."

"큰일이다, 큰일이야."

아오코의 손목을 놓아주고, 가야노는 만족스러운 듯 몸의 힘을 뺐다. 매트리스에 등을 기댔다.

"정확한 기술 이름은 까먹었는데, 이렇게 해야 기술이 잘 먹힌다는 감각은 잊히지가 않네."

"가야노 기술은 제일 아프니까 자제해줘."

"아오코 기술은 힘이 똑바로 전달돼서 깔끔했지. 겐겐은 하도 열중하는 스타일이라, 어떻게 위력을 키울지 독

자적으로 연구해서 남자 후배들한테 인기가 많았고. 다쿠짱은 기술이 절대 무른 건 아닌데, 던지기나 조르기 같은 게 매끄러워서 당할 때 이상한 통증이 하나도 없었어."

학창 시절, 그리고 어른이 되어 다니던 어스레한 도장 풍경이 떠올라 아오코는 미소가 지어졌다. 좋은 일도, 나쁜 일도 있었고, 순탄한 시간보다 힘겨운 시간이 길었다. 그럼에도.

"즐거웠지."

가야노는 이어 말했다. 입에 남은 팥소의 맛이라도 확인하는 듯한, 차분한 목소리였다.

아오코는 불현듯, 친구는 더 이상 도장으로 돌아가지 않을, 돌아갈 수 없는 스스로를 받아들인 것임을 느꼈다. 두 팔을 벌려, 조심스레 그녀의 몸에 둘렀다. 광목 소재의 잔꽃 무늬 파자마와 야윈 목덜미가 눈앞에 있었다. 가야노도 조금 늦게 포옹을 해주었다.

"사흘 정도 못 씻어서 냄새날지도 몰라."

"괜찮아. 가야노, 있잖아."

순간 혀뿌리에서 멈추었다. 그 말을, 힘주어 밀어냈다.

"사랑해. 가야노를 만나서 정말 행복해."

"어머…… 수줍어라."

"있지, 아까 그 나비 이야기 말이야, 가야노도 있어."

"응?"

"나비를 생생히 말하게 한 내 안에는 가야노도 있다고. 가야노랑 함께 나이 들지 않았더라면, 그 나비는 분명 지금하고 아예 똑같이 말할 순 없었을 거야."

"아오코 안에, 내가? ……나기짱처럼?"

아오코가 십몇 년 전 잃은 후로 제 안에 줄곧 살려둔 채 살아가는 아이의 애칭을, 가야노는 당연한 듯 입 밖에 냈다. 아오코는 작게 웃으며 고개를 저었다.

"나기사는 정말 내 일부라서 꼭 붙어 있는 느낌. 내 안에 있는 건 같아도, 가야노나 겐겐이나 다쿠짱은 조금 멀리 있어. 멀리 있어서 빛나 보이고, 그래서 내게 힘이 돼."

가야노는 얼마간 입을 다물고 있었다. 아오코는 몸을 떼고 둥근 의자에 앉았다. 어쩐지 쑥스러운 기분이 들어 눈을 마주치지 못했다. 그때 가야노가 불쑥 말했다.

"언젠가, 나오가 어른이 되어 힘들어하고 있을 때, 그때 내가 만약 그 애 곁에 없다면…… 나비 그림책을 주면서 지금 한 이야기를 해줄래? 이 안에 엄마도 있다고."

"알았어. 그럴게."

가야노는 고개를 떨구고 조용히 울기 시작했다. 소리를

죽이고, 오열을 참으며, 한참을 눈물만 쏟아내고 있었다. 아오코는 침대 옆 상두대에 놓인 갑 티슈에서 티슈 몇 장을 뽑아 그녀에게 건넸다.

“아아 어떡해, 나오 오겠다. 냉장고에서 음료수 좀 꺼내줘.”

숨을 깊게 내쉬고 티슈로 눈물을 빨아들인 가야노는, 아오코가 건넨 녹차 캔과 오렌지주스 캔을 가로로 가져다 대 눈을 식혔다. 갑자기 로봇 같은 모습이 된 친구를 보고 웃음을 터뜨리며, 더 오래 있으면 부담이 될 듯해 아오코는 돌아갈 채비를 했다.

“또 올게.”

“응, 잘 가.”

맥 빠진 얼굴로 웃는 친구에게 손을 흔들고, 아오코는 커튼을 닫았다.

엘리베이터 홀로 향하는 도중, 담화실에서 나오를 발견했다. 나오는 창가에 놓인 의자 하나에 앉아 고개를 숙이고 있었다. 울고 있었는지 눈이 빨갰다. 옆에 쭈그려 앉은 여자 간호사가, 무슨 말을 건네며 나오의 등을 쓰다듬고 있었다. 나오는 위로의 말을 받아들이기 힘들어하는 기색으로 어색하게 고개를 저었다.

꼭 닮은 모녀다. 서로가, 서로의 앞에서 눈물을 보이고 싶지 않아 하고 있다. 슬픔을 드러내면 무너져 내리고 마는 무언가가 엄마와 사춘기 딸 사이엔 존재하는 것일까.

그 신기한 풍경을 아오코는 아득히, 맑게 갠 날의 수평선을 눈앞에 둔 기분으로 바라보았다. 상쾌하고, 아름답고, 닿을 수 없다.

그러나, 닿지 못했다고 해서 제 인생이 결여돼 있다고는 생각지 않았다. 기쁨도 슬픔도, 온통 다 그러안지 못해 팔 밖으로 새어 나가리만큼 잔뜩 있었다. 아오코는 묵묵히 그 자리를 벗어나 엘리베이터 버튼을 눌렀다.

며칠 후, 가야노에게서 퇴원했다는 연락이 왔고, 아오코는 가슴을 쓸어내렸다.

당분간은 봄학기 특강과 신학기 준비로 바쁘지만, 한숨 돌릴 수 있는 5월이 되면 또 놀러 가자고 해야지. 그렇게 생각하며 일에 집중했다. 올해도 졸음을 불러오는 달콤한 환상 같은 벚꽃이 피었고, 기대와 경계로 두 뺨을 굳힌 새로운 아이들이 들어왔다. 힘이 바짝 들어간 어린 몸에, 방대한 미지의 삶이 터질 것처럼 들어차 있었다. 산다는 건 참 힘든 일이구나. 아이들의 풋풋한 정수리를 바라보며, 아오코는 한숨이라도 쉬고 싶은 기분이 되었다.

4월 중순, 낯선 번호로 부재중 전화가 와 있었다. 다시 걸어보니 남자가 전화를 받았다. 가야노의 남편 료스케였다. 그는 피로가 묻어나는 쉰 목소리로, 가야노의 죽음과 장례 일정을 알렸다.

오렌지를 딱 한 조각, 야금야금, 베어내듯 먹고 있었다.

기억을 정리하는 듯한 말투.

병실로 돌아가지 않고 담화실에서 울고 있던 나오.

돌이켜보면 짚이는 데가 한둘이 아니었다. 나는 왜 가야노의 퇴원을 병세가 호전된 것으로 안이하게 믿어버렸을까.

말해주면 좋았을걸, 하고 애석한 마음이 들었다. 말해주었더라면, 아무리 바빠도 일을 정리하고 만나러 갔을 것이다. 또 올게, 같은 두루뭉술한 약속 말고 제대로 된 작별 인사를 할 수 있었다.

아니, 하고 부정하는 목소리가 가슴에 울렸다. 병세를 밝히지 않은 건 가야노의 뜻이다. 나와 그녀 사이에 비밀 따윈 없다는 생각 자체가 오만이다. 제대로 된 작별 인사를, 가야노는 듣고 싶지 않았을지도 모른다. 아니면 병원에서 부정 타는 얘길 하긴 좀 그렇지, 다음에 아오코가 집에 놀러 오면 그때 얘기할까, 정도의 마음이었는지도 모른다.

모르겠다. 그런 어쭙잖은 질문의 대답, 그 사람만이 발할 수 있는 눈부신 대답을 이제 영원히 얻을 수 없다는 것이 잃는다는 것이다. 아무리 친하더라도, 함께한 세월이 아무리 오래되어도 그 사람을 완전히 알 수는 없다. 이렇겠지, 생각한 상과 실제 그 사람의 모습은 언제고 약간 어긋나기 마련이다. 불투명하고, 휘청이고, 모순돼서—그래서 자꾸만 보고 싶어진다. 이제 족하다는 마음은 영영 들지 않는다.

"아오상."

은근한 부름을 들은 아오코는 눈을 깜빡였다. 어느새 옆에 앉은 하나다 다쿠마가 팔꿈치에 손을 댄 채 이쪽을 들여다보고 있었다. 가느다란 연기가 피어오르는, 두 대 늘어선 분향대로 같이 가자고 몸짓했다. 다쿠마의 안쪽 자리를 보니 이미 분향을 마치고 온 겐야가 착석 중이었다. 겐야는 거의 아무런 감정도 읽히지 않는, 딱딱하고 희멀건 얼굴을 하고 있었다.

아오코는 일어서서, 다쿠마와 나란히 유가족석에 묵례한 뒤 분향대로 향했다. 눈앞 제단에는 흰 국화꽃에 파묻

히다시피, 미소 지은 가야노의 영정 사진이 걸려 있었다. 여행지에서 찍은 가족사진을 오려낸 것일까. 편안하고도 자연스러운 미소였다. 머리카락이 길고, 밤색이었다. 그렇다는 건 병이 나기 이전, 10년도 더 된 사진인 건가.

나와, 다쿠마와, 겐야가 있는데, 가야노가 없다니 이상하다. 머리 한구석에 오류가 난 것처럼 거듭 생각했다. 이상하다, 이상해.

생각이 잘 정리되지 않았다. 말향을 집었다. 몇 번 떨어뜨리는 거더라. 생각이 나지 않아, 다쿠마의 손을 엿보았다.

장례식장은 답답한 공기에 싸여 있었다. 너무 이른 죽음에 조문객들 대부분이 침통한 얼굴을 하고 있었다. 친족, 친구, 업무 관계자, 나오의 학교 친구 등 100명 정도가 찾아와 분향을 했다. 조문객들이 가장 염려하며 눈길을 보낸 건 교복 재킷을 입고 참석 중인 나오였다. 그러나 본인은 아직 사태를 완전히 파악하지 못했는지, 어른들이 건네는 심중한 애도의 말에 난처한 듯 웃으며 기계적으로 머리 숙이길 반복할 뿐이었다. 안절부절못하며 장례식에도, 스스로에게도 통 집중하지 못하는 모습이 도리어 안쓰러웠다.

서른 명쯤 남은 밤샘 조문 자리에서, 같은 테이블에 앉은 상주 료스케가 정적을 메우려 입을 열었다.

"가야노가 늘 들고 다니던 스카프랑 손수건을 관에 넣었어요. 머리맡에 항상 놓아두던 작은 인형도요. 그랬더니 나오가 훌쩍거리면서, 엄마가 맨날 끼던 반지도 관에 넣겠다고 반지를 가지러 집에 가려는 거예요."

하하하, 하고 주위 어른들에게서 연민 섞인 웃음이 터져 나왔다. 아오코의 대각선 자리에 앉아 있던 나오는 불만스러운 듯 입술을 샐쭉거렸다. 이 자리에서 요구되는 역할을 알고 있는 표정이었다.

"그야, 엄청 아끼던 건데 없으면 서운할 거 아냐."

"액세서리는 가져갈 수 없어. 그렇게 정해져 있거든."

옛날엔 술병이든 시계든 장식품이든, 좋아했던 거라면 뭐든 넣자는 분위기였는데 지금은 그렇지, 하고 친척으로 보이는 노인 하나가 맞장구를 쳤다. 녹은 유리가 유골에 들러붙든, 금속 제품이 타다 남든 상관하지 않던 시절이 있었나 보다. 적당히 귀를 기울이고 있는데 작은 사발에 담긴 새우 신조(생선이나 고기 등을 으깨어 강판에 간 마를 섞어 찐 음식—옮긴이)를 깔짝대던 겐야가, 주위에 딱히 들리게 할 생각도 없는 듯 나지막한 목소리로 말했다.

"차라리 수의 말고 도복으로 하면 좋았을 텐데. 검은 띠도 꽉 매주고 말이야. 호신용 칼 같은 거 없어도, 가야농이라면 저세상의 어떤 요괴를 만나든 그냥 내던져버리겠지."

겐야 옆에 앉은 다쿠마가 그러게, 하고 웃음 섞어 동조했다. 아오코도 씁쓰레한 기분으로 입꼬리를 올렸다. 자신의 컵에 우롱차를 더 따르려다 나오가 이쪽을 보고 있음을 알아차렸다. 왜 그래? 하는 시선으로 물어보자, 나오는 눈을 몇 번 깜빡이더니 입을 떼었다.

"방금, 수의 말고 뭐라고 하신 건가 해서……."

"아, 도복 말이야, 도복. 왜, 가야노가 하던 합기도 도복."

"아…… 아아, 그렇구나! 모리사키 이모가 그냥 엄마 친구인 줄 알았는데, 같이 합기도 하시던 분이군요."

"응. 나하고 이 하나다 삼촌, 안도 삼촌도야."

손바닥으로 가리키자 다쿠마는 안녕, 하고 눈꼬리에 주름을 잡으며 웃어 보였고, 겐야는 슬쩍 눈을 피하며 고개 인사를 했다. 나오도 두 사람을 향해 조심스레 머리를 숙였다.

이 두 사람과 나오가 얼굴을 마주 보며 서로를 신경 쓰고 있는 광경이 어쩐지 우스꽝스러웠다. 가야노도 어딘가에서 히죽거리고 있을 것만 같았다. 우후후, 하고 귀에 익은 부드러운 목소릴 내며—어라, 싫어 아오코는 연근튀김을 집은 젓가락을 몇 초간 멈추었다. 분향대에서는 혼란스러워 어쩔 줄을 몰랐고, 가야노를 잃은 기분이었다. 그런데 이렇게 마주 앉아 입을 느긋이 움직이고 있으니 그녀가 익숙한 표정으로 웃었다. 의식 한 귀퉁이에서 웃었다.

"가야노는 우리 중에서 제일 강했어."

그렇게 말하자 나오는 눈을 휘둥그레 떴다. 둥실둥실 어른들의 이마 언저리를 떠돌던 눈빛이 수렴되어, 의지를 머금은 채 아오코의 그것과 힘 있게 맞물렸다.

"헉, 엄마가요? 남자도 있는데요?"

"응. 기술이 제일 정확하고, 제일 위력 있었어. 가야노한테 조르기를 당하면, 이 둘보다 커다란 부원이 있는 힘껏 발버둥 쳐도 빠져나오질 못했어."

"……몰랐어요."

그 후 나오는 주위에 반응하길 멈추고, 채소 절임이 담긴 쪽접시 둘레에 눈을 떨군 채 묵묵히 요리를 입으로 가져갔다. 있잖아, 하고 아오코는 가슴으로 말을 건넸다. 엄마가 아닌 진짜 가야노라는 신기한 상을, 언젠가 딸이 찾아내려 할 줄 상상이나 해봤어? 가야노는 그 환한 병실에서 헤어질 때와 똑같은 표정을 지은 채 대답하지 않았다.

하지만, 존재했다. 두 팔을 뻗으면 그러안아 주었다.

식사를 끝내고 장례식장을 뒤로하기 전에 셋이서 또 한 번 분향대로 향했다. 아까는 사람이 많아 가야노의 얼굴을 차분히 볼 수 없었으므로, 마지막으로 한 번 더 인사를 하고 싶었다.

식장에는 밤샘 조문 자리에 나온 것과 같은 일식 한 상이 차려져 있었다. 분향대 하나는 정리되었고, 그 대신 안치된 소용돌이 모양의 선향이 곧고 가느다란 연기를 피워 올리고 있었다.

"가야농, 우리 간다. 봉안식 때 또 올게."

하얀 나무 관에 달린 창을 들여다보며, 다쿠마는 마치 살아 있는 그녀에게 하듯 말을 건넸다. 화장터가 꽤 멀어 인원수가 많으면 영결식 후의 이동이 수고로우므로, 내일은 기본적으로 친족만 참석했으면 한다고 사전 전달을 받았다. 뒤이어 다가간 겐야가, 딱히 별말 없이 관 옆면을 툭 쓰다듬고 멀어졌다.

아오코도 창문을 들여다보았다. 엷은 화장을 한 친구는 눈을 감은 채로 단정히 가로누워 있었다.

이런 얼굴이었나, 하고 발을 헛디딘 느낌이 들었다. 시신의 얼굴은 항상 그렇다. 산 사람은 잠들어 있을 때마저 어떤 표정을 짓고 있다. 남에게 비춰지길 바라는 제 모습을 내보이고 있다. 죽은 이의 얼굴은 정말이지 무방비하다. 배냇짓을 하기 이전의 아기처럼 맑디맑은 얼굴. 그럼에도 계속 바라보고 있으니, 둥근 이마 언저리에서 가야노의 익숙한 기운이 풍겼다.

"고생했어. 정말 고생 많았어."

겐야를 따라 관을 어루만졌다. 진짜 가야노 따윈 모른다. 분명 나오 역시 어른이 되도록 찾은들 알아낼 수 없을 것이다. 아오코가 아는 건, 가야노가 자신들에게 보이고 싶었던 모습뿐이다. 웃음이 많았다. 적당히 장난스럽고, 터프했다. 슬픈 분위기를 싫어했다. 그런 그녀가, 의식 어딘가에 영원히 존재한다.

그리고 하루 새 식장과 밤샘 조문 자리에서 오간, 심각하고 비통한 대화 몇 가지를 떠올렸다. —마음이 불편했겠어. 무진장 애쓰다 이제야 투병 생활을 끝낸 건데. 딱하다고 눈물을 흘리기보다 고생했어, 애썼어, 멋졌어! 라고 칭찬해줬으면 싶지?

"겐겐, 다쿠짱, 내일 무슨 일정 있어?"

장례식장 주차장에서 겐야의 차 뒷좌석에 올라타며 물었다. 겐야는 몇 년 전 면허를 재취득해 지금은 지인이 하는 열대어 전문점에서 일주일에 두어 번, 수조를 관리하는 사원을 태워 관동 지방 근교의 거래처를 도는 운전기사 아르바이트를 하고 있다. 안전벨트를 맨 겐야는 조수석에 앉은 다쿠마와 눈을 맞추었다.

"나는 알바 없어서 괜찮아."

"다쿠짱은?"

"그냥 일하는데……. 왜, 뭐 하게?"

"일하는구나……. 아니, 이대로 셋이 어디 놀러 가고 싶어서. 바닷가라든지. 가야노가 바다를 유난히 좋아했잖아. 장례식이랑은 별개로, 우리끼리 가야노의 위로회를 열고 싶어. 하룻밤 묵으면서 다 같이 맥주도 한잔하고. 나오짱이나 료스케 씨 생각에 여러모로 걱정스럽겠지만, 우리가 태평하게 놀고 있으면 가야노도 한숨 돌리러 올 것 같거든."

3초도 지나지 않아 "좋네, 위로회" 하고 겐야가 나직이 말했다. 다쿠마는 문어처럼 입술을 앞으로 쑥 내민 묘한 얼굴로 스마트폰을 만지작대기 시작했다. 한동안 무언갈 입력하더니 "나이스" 하고 작게 파이팅 포즈를 취했다.

"난 내일 오전 반차 쓰고 병원 가는 걸로 해놨어. 장례식장에서 먹은 초밥이 얹혀서, 속도 메스껍고 열도 심하다고. 그럼 가볼까?"

"그래도 돼?"

"나중 가서 후회한 적 많거든. 이렇게 중요한 날, 아무 생각 없이 일을 우선시했다가. 나도 가야농한테 고생했다고 말해주고 싶어."

"그럼 가볼까."

겐야는 창문을 열고 침착한 손놀림으로 차를 출발시켰다. 벚꽃을 흩뿌린 따스한 바람이 차 안을 스쳐 갔다. 아오코와 다쿠마는 스마트폰으로 오늘 밤 묵을 숙소를 찾아보았다.

"불 켜진 관람차가 보이는 호텔?"

"괜찮네."

"아, 여기 가면 내일 아침 등대까지 산책할 수 있어."

핸들에 한쪽 손을 얹은 겐야가 "너무 멀리 가면, 다쿠짱이 내일 아예 연차를 내야 하는 거 아냐?" 하고 물었다.

"그러면 설사가 안 멈추니 오후에도 집에서 일하게 해달라고 연락할게."

"이런 나쁜 어른을 봤나."

"어떻게 나이 먹을수록 나빠지기만 하지? 좋아질 만한 요소가 없어. 아주 제대로 반항기야."

"반항기이신 분, 여기는 지금 숙박하면 하프 보틀 와인을 선물로 준대."

"괜찮은데? 근데 아오상, 내일 일은?"

"아, 이런, 연락해야지 참……. 다행이다, 미팅은 없어. 일도 오후 늦게부터 시작이라 괜찮아."

"그나저나 우리 지금 상복 차림인데, 어디 가서 옷 좀 살까? 가게 보이면 잠깐 들르든지."

"맞네. 싼 티셔츠랑 반바지 사고 싶어."

"오케이."

"클렌저도 살래. 기사님, 편의점도 부탁드려요."

"네에."

음악을 틀고, 되도록 평소처럼 잡담하며 바다를 향해 나아갔다.

불현듯, 뺨에 엷은 빛이 닿은 것 같아 아오코는 얼굴을 들었다. 길게 줄지어 있던 가로수가 끊기고, 머리 위엔 구름 한 점 없는 밤하늘이 펼쳐져 있었다.

황금빛으로 가득한 달이, 차를 뒤따라오고 있었다.

나의 은하

✶

점심 휴식은 가와고에에서, 라고 근무표에 적혀 있는 걸 본 지난주부터 이날이 오기만을 손꼽아 기다려왔다.

가와고에. 가본 적은 없지만 관광지란 건 알고 있었다. '가와고에 명물 디저트'를 검색하자마자 먹음직스러운 디저트를 소개하는 여러 웹 페이지가 떴다. 고구마를 사용한 디저트가 많은 모양이었다. 스위트포테이토, 고구마 푸딩, 고구마 크림빵, 고구마 아이스크림, 고구마스틱. 무얼 살지 설레하며, 안도 겐야는 아르바이트하는 곳의 사원 두 명과 함께 오전 중에만 사이타마 현내 치과, 어린이집, 호텔 두 군데까지 총 네 곳의 단골 거래처를 돌았다.

돌았다고 해도 겐야의 업무는 수조 관리 사원을 현장에 데려다주고, 그들의 작업이 끝나길 기다리다 또다시 다음 현장으로 데리고 갈 뿐이었다. 겐야가 일하는 곳은 관동 지방에 여러 점포를 보유한 열대어 전문점으로, 금붕어나 담수 열대어, 수초, 수조 판매 외에도 판매한 수조를 관리하는 업무도 맡고 있다. 종종 대형 장비 반입 등의 육체 노동을 부탁받을 때도 있지만, 기본적으로 겐야가 고객을 상대하는 경우는 없고 운전 중에도 딱히 입을 열 필요가 없으므로 지금으로선 큰 부담감 없이 일하고 있었다.

다만, 요즘 들어 뒷좌석에서 나누는 대화를 듣고 있으면 살짝 숨이 막히곤 했다.

"그러니까, 팔린 만큼만 발주한다. 세일 기간 주는 재고를 20프로 많이 확보한다. 장부상의 재고와 수량이 안 맞는다 싶으면 선반을 확인한다. 이게 다잖아요. 여기서 대체 왜 실수가 발생하는 겁니까?"

"미안. 상품 수량을 착각했어."

"요전에도 똑같이 말씀하셨죠?"

"미안해."

연신 고개를 숙여대고 있는 건, 체격 좋은 50대 아르바이트 직원 세키 씨였다. 짧게 깎은 백발 머리에, 웃음 주름이 있는 온화한 눈과 튀어나온 배가 왠지 모르게 바다표범을 연상시킨다. 이 가게에서 벌써 20년 가까이 일하고 있는 세키 씨는 수조 관리에 있어선 따라올 자가 없지만, 사무 업무 실수가 잦아 신입 사원 사카이 씨에게 번번이 꾸지람을 듣는다. 새 점포가 늘어 일손이 부족하다는 등의 이유로, 회사 쪽에선 근무 경력이 길고 다른 사원들로부터 신뢰받는 세키 씨를 사원으로 등용해 지금 있는 점포의 부점장 자리를 주려는 듯했다. 그런데 연수 과정에서 무언가 차질이 생기고 있는 모양이었다.

그렇다 한들 그들을 태우고 주 2회 운전만 할 뿐인 자신이 백날 신경 써봐야 소용없는 일이었다. 등 뒤의 대화를 최대한 듣지 않으려 애쓰며, 겐야는 지정된 가와고에 주차장에 '열대어 전문점 용궁성'이라는 컬러풀한 로고가 도장된 경차를 밀어 넣었다.

"13시 15분 집합이죠?"

뒷좌석을 돌아보았다. 그러자 단말기를 한 손에 들고 열혈 강사 같은 얼굴로 세키 씨를 지도하던 사카이 씨가 인상을 확 펴며 웃었다.

"예, 맞습니다! 안도 씨, 고생하셨어요. 오후에도 잘 부탁드립니다."

사카이 씨도 나쁜 사람은 아니다. 외골수에 열정 가득하고 생기발랄한, 바른 청년이다. 그냥 다 떠나서, 세키 씨가 점심밥 좀 제대로 챙겨 드셨으면 좋겠군. 그런 생각을 하며 겐야는 눈에 보인 소고기 덮밥집으로 들어갔다. 잽싸게 배를 채운 뒤, 스마트폰 지도 앱으로 현재 위치를 확인해가며 관광객용 상점이 늘어선 큰길로 향했다. 그때, 근처 편의점에서 나오던 세키 씨와 딱 마주쳤다.

"아, 안도 군."

"어, 여기 계셨네요."

"어어."

"점심 드셨어요?"

"응, 차에서 주먹밥 먹었어."

"그렇군요."

언뜻 다행이다, 생각했다. 세키 씨는 "사카이 씨는, 요 주변에 유명한 빵집이 있어서 거기 가본다더라고" 하고 말을 이었다.

"빵집이요? 오호."

관광지의 명물 빵도 살짝 구미가 당겼다. 그러나 빵집에서 일하는 엄마가 떨이 빵을 곧잘 반값에 사오곤 하므로, 겐야의 집에는 늘 빵이 쌓이기 일쑤였다. 이왕이면 달콤한 디저트를 사는 편이 나았다. 봐둔 가게를 찾기 위해 다시 지도 앱으로 시선을 떨어뜨렸다.

"안도 군은 맨날 쉬는 시간마다 어디로 사라지던데, 담배 피우러 가는 거야?"

"아, 아뇨, 뭘 좀 사러 가느라고."

"출장 나와서 굳이 쇼핑을?"

"관동 지방 곳곳을 돌아다니니까, 그 지방의 명물 디저트 같은 걸 자주 사요."

"호오! 멋진데? 휴식 시간에 잽싸게 사러 가는 거구나. 참 야무져."

"지도는 그냥 스마트폰으로 보면 되는데요 뭘."

야무지다는 말을 들을 만한 일인가. 하기야 뒷좌석 대화로 미루어볼 때 세키 씨는 그리 야무진 타입은 아닐 터였다. 스마트폰 기능도 잘 활용하지 못하는 걸 수도 있다.

"지금 화과자점 가는 중인데, 같이 가실래요?"

"정말? 그럼 한번 가볼까. 혼자 있으면 집합 시간에 늦을까 봐 불안하거든. 그동안 차가 보이는 범위에서만 돌아다녔어."

"굉장히 신중하시네요."

겐야는 세키 씨를 데리고 목표로 한 화과자점으로 향

했다. 고구마 디저트만 진열된 선반에서 엄마가 좋아하는 고구마스틱 한 봉지와 찐 고구마가 든 만주 세 개를 골라 구입했다. 평일 낮인데도 거리엔 관광객으로 보이는 젊은이와 노부부의 모습이 드문드문 보였다. 세키 씨는 어정버정 가게 안을 둘러보다, 고구마 양갱 작은 것을 손에 들었다.

"전자 화폐도 됩니까?"

계산대 점원에게 그렇게 말하며 스마트폰을 보여주었다. 어라, 하고 조금 뜻밖이란 생각에 눈길이 갔다.

점원은 네, 하고 상냥하게 대답하곤 단말기를 꺼냈다. 그러나 세키 씨가 스마트폰을 여러 번 가져다 대도 결제 완료를 알리는 전자음이 나지 않았다.

"어라, 죄송해요. 단말기 상태가 좀 안 좋은가 보네요."

"아아, 그런가요……."

갑자기 세키 씨의 동작이 어색해졌다. 스마트폰을 집어넣고, 느릿한 동작으로 지갑을 열었다. 지갑 안을 뒤지는 손가락의 움직임으로 지폐가 들어 있지 않다는 사실을 알아챘다. 돈이 부족한 거면 대신 내주려고 겐야는 몸의 방향을 틀었다. 세키 씨는 뒤이어 동전 지갑을 열었다. 물림쇠가 금방이라도 튕겨 나갈 것처럼 부푼 그 안에는 많은 양의 동전이 들어 있었다. 100엔짜리 동전이 열 개쯤 엿보였다.

뭐야, 있잖아, 싶어 겐야는 어깨 힘을 뺐다. 고구마 양갱은 기껏해야 500엔쯤 할 것이다. 쓸데없는 참견은 필요 없다. 세키 씨의 뒤로 상품을 손에 든 부모와 아이, 대학생으로 보이는 커플이 줄을 섰다.

세키 씨는 "아, 그냥 관두겠습니다"라고 작은 목소리로 말하곤, 점원에게 고구마 양갱을 돌려주었다. 허둥지둥 지갑을 닫고 가게를 빠져나갔다. 겐야는 어안이 벙벙해 세키 씨의 뒤를 좇았다.

"세키 씨, 세키 씨."

가게에서 멀찍이 떨어지고 나서야 세키 씨는 발을 멈추었다. 씁쓸한 얼굴을 하고 있었다.

"미안. 데리고 와줬는데."

"아뇨, 그건 아무렇지도 않아요. ……혹시 세키 씨, 자잘한 계산을 바로바로 하기가 좀 힘드신가요? 저희 할머니가 그랬거든요."

겐야가 세키 씨의 동전 지갑을 보며 떠올린 건 십몇 년 전 세상을 떠난 친할머니의, 손가방 안에 들어 있던 돈주머니였다. 무거울 만도 한데 동전을 가득가득 넣고 다녔다. 처음 보았을 땐 '동전 모으기라도 하는 건가' 정도로만 생각했는데, 나중에 엄마로부터 그 연유를 듣게 되었다. 소싯적부터 할머니는 결제 시 필요한 동전을 지갑에서 골라내는 데 어려움이 있었고, 점원이나 다른 손님들을 기다리게 할까 초조한 나머지 항상 지폐를 내고 많은 양의 동전을 받아오던 것이었다. 백화점 푸드코트에서 생긋생긋 웃는 얼굴로 어린 자신에게 다코야키며 빙수를 사주던 사람이, 그런 불편함을 끌어안고 살아온 줄은 꿈에도 몰랐다며 충격을 받은 기억이 있다.

눈앞에 있는 커다란 등이 조금 오므라든 느낌이 들었다. 세키 씨는 숨을 깊이 내쉬었다.

"천천히 하면 괜찮아. 근데 서두르면 머릿속이 새하얘져서 모든 계산이 날아가 버리지. 뒤에 다른 손님들도 있었잖아? 미적대고 있기가 영 미안해서."

"그러셨군요. 그나저나 전자 화폐라니, 좋은 아이디어네요! 할머니한테도 가르쳐드리면 좋았을걸."

"할머님, 돌아가셨어?"

"꽤 오래전에 돌아가셨어요."

"그렇구나. 아주 편리한데 아쉽네. 편의점에서도 허둥댈 필요가 없어졌거든."

세키 씨는 눈썹을 내리며 작게 웃었다. 겐야는 스마트폰을 꺼내 계산기 앱을 실행했다.

"지금, 얼마가 걸리든 괜찮으니까 동전 좀 줘보실래요? 고구마 양갱, 570엔짜리죠? 세금 포함하면 615엔. 제가 사 올게요."

"아니야, 됐어, 미안하게."

"미안해하실 거 없어요. 제 것도 살 거거든요. 할머니 생각이 나서 불단에 올리려고요."

"어어…… 그러면……."

세키 씨는 등을 구부려 지갑을 열더니, 100엔짜리 동전 여섯 개와 10엔짜리 동전 한 개, 5엔짜리 동전 한 개를 조심스레 집어 겐야의 손바닥 위에 올려놓았다. 겐야는 아까 그 가게로 가서 고구마 양갱 두 개를 사 들고 돌아왔다. 둘 중 하나를 세키 씨에게 건넸다.

"고마워. 딸애가 좋아하거든."

"따님이 있으시군요."

"응. 경찰이고, 싸이카를 몰아."

"오, 멋지다."

난데없이 세키 씨의 스마트폰에서 알람 소리가 났다. 화면을 확인하고 소리를 끈 세키 씨는 바쁜 걸음을 옮겼다.

"이런, 15분 전이네. 이제 돌아가자. 어, 차가 어느 쪽이더라?"

"이쪽이에요, 이쪽."

급히 출발한 덕에 5분을 남겨놓고 차에 도착했다. 아직 사카이 씨의 모습은 없었다. 운전석에 앉은 겐야는 가쁜 호흡을 가라앉히고자 페트병 차를 마셨다.

"사카이 씨한테 말씀 안 하세요? 어려운 부분이 있다고."

"으음……."

뒷좌석에 앉은 세키 씨는 느리게 신음하더니 입을 다물었다. 정말이지 무심결에 든 의문이었다. 그러나 그 말을 내뱉은 혀끝에서부터 차츰 불쾌감이 차올라, 겐야는 두 손으로 얼굴을 감쌌다.

"아아…… 죄송해요, 방금 한 말은 실수예요."

"어, 왜? 뭐가?"

"아니, 제가…… 예전에 상황이 좀 그래서 방에만 틀어박혀 지내던 시기가 있었어요. 그때 사람들이 왜 그러는 건지 설명을 하랬는데, 그렇게 간단히 설명할 수 있는 게 아니라면서 불쾌해했거든요. 근데 제가 지금 똑같은 소릴 했어요. 죄송합니다."

"에이, 무슨…… 뭘 또 그리 진지하게! 사람이 너무 진지하다니까, 안도 군은. 으음…… 사실 히구치 사장은 내가 어려워하는 부분을 알고 있어."

"어, 그런가요?"

"예전에 같은 가게에서 일했거든. 히구치 사장은 됨됨이가 좋고 배짱도 두둑했으니 막힘없이 출세했지. 지금은 점포를 늘리는 데 일손이 필요한 거잖아? 신입일 적에 신세도 많이 졌고, 내가 도움이 된다면 돕고 싶은 마음이야. 그러니 사카이 군한테도 얼른 얘기하는 게 좋겠지마는…… 어렵다고 말하면 그렇구나, 이 일은 못 하는 거구나, 하고 섣불리 판단할 것도 불안해서 말이야. 내 선에서 일을 좀 더 정리해보고 이 작업엔 이 앱을 쓰고 싶다든가, 이 작업엔 최종 확인 해줄 사람을 확보해달라든가, 구체적인 의논 사항을 간추린 후에 얘기하려고. 뭐, 정 곤란하면 히구치 사장한테 셀프계산대 다음으론 자동 발주 시스템을 도입해달라고 요청해볼게."

차근차근 해나가는 거지, 하고 세키 씨는 차분한 목소리로 말했다.

"안도 군도 차근차근 한다고 생각해. 그렇게 하나하나 마음 쓰고 살면 삶이 너무 고되지 않겠어? 다음에 또 좋은 데서 쉬게 되면, 괜찮은 가게 데려가 줘."

"예."

짧게 대답하고, 겐야는 잠시 생각하다 덧붙였다.

"다음에, 출장 나와서 이렇게 바로바로 계산하실 일 생기면 말씀해주세요."

"그래, 고마워. 든든하네. 안도 군도 가게에서 무슨 어려운 일 있음…… 뭐, 딱히 없겠지마는."

"아뇨, 저기…… 실은 제가, 구피 기르시는 고마바 씨처럼 강압적이고 윽박지르는 사람을 좀 어려워해요. 예전 상사를 닮았거든요……. 그런 사람 앞에선 긴장돼서 말도 잘 안 나와요. 그러고 있었더니 저번에 더 크게 화를 내셔서."

"고마바 씨? 아아, 요전번 가게 직원으로 오해받고 붙잡혔었지. 그 인간은 누구한테나 그래. 가게 올 때마다 뭔가 한 가지씩은 꼭 불평해야만 직성이 풀리거든. 여하튼 그렇단 말이지……. 그럼 단둘이 있는 상황이 안 생기게끔 신경 써볼게. 만일 내가 없을 때 마주치면, 세키 씨가 부른다면서 도망가버려. 말을 맞춰줄 테니."

"감사합니다."

"죄송해요, 기다리셨죠!"

사카이 씨가 차에 부산스레 올라탔다. 손에 고소한 냄새가 나는 종이봉투를 들고 있었다.

"냄새가 너무 좋은데요."

"아아 이거, 지치부의 된장을 사용한 빵이라는데 맛있어 보이더라고요. 이따 집 갈 때 먹으려고 샀어요. 관리 끝나고 나면 늦은 시간이라 배고프잖아요. 넉넉하게 샀으니까 다 같이 먹어요."

"오오, 신난다."

"고맙습니다."

열 몇 살이나, 스물 몇 살이나 연상인 아르바이트 직원들에게 둘러싸여 일하는 사원으로서, 사카이 씨도 사카이 씨대로 마음을 쓰는 것이리라. 저 철부지는 아무것도 몰라, 대충대충 대해도 돼, 라며 빈정거리는 다른 직원의 말을 들은 적도 있다. 겐야는 시동을 걸고, 내비게이션에 다음 목적지를 띄웠다. 주위를 둘러본 뒤 차를 천천히 출발시켰다. 그때 등 뒤에서 사카이 씨가 말을 걸어왔다.

"그건 그렇고 안도 씨, 지난주엔 죄송했어요."

"어…… 아아 아뇨, 괜찮아요."

지난주에 왜? 하고 세키 씨가 끼어들었다.

"토요일, 아트 아쿠아리움전 설치 때요. 사실 안도 씨는 그전부터 휴가를 내셨었거든요."

"아아 그렇군, 도다 씨가 노로바이러스로 설사병이 나서."

"네. 다른 기사님을 섭외 못 해서 안도 씨께 출근을 부탁드렸어요. 다른 일정이 있으셨을 텐데, 무리한 부탁을 드려 죄송했습니다."

"괜찮습니다."

"안도 군, 무슨 일정이었어? 데이트?"

"아뇨, 데이트는 아니고……."

아아, 말하기 어렵다. 이 세상엔 말하기 어려운 것, 설명하기 어려운 것투성이다. 신호가 눈앞에서 빨간불로 바뀌었다. 겐야는 조용히 브레이크를 밟았다.

"치, 친구 봉안식 때문에……."

으에엑, 하고 뒷좌석에서 비명 소리가 났다. 뒤를 돌아보니 사카이 씨는 핏기가 싹 가신 얼굴을 하고 있었다. 아차 싶어 겐야는 황급히 손을 저었다.

"괜찮아요, 진짜! 조문은 다녀왔고, 뭐랄까, 할 도리는 다했달까요. 이제 그 친구는 무덤에 가면 언제든 볼 수 있고요."

"아니, 그래도……. 정말 죄송해요."

"그날 제가 일을 우선시하기로 한 거예요. 사카이 씨가 그러신 게 아니고요."

차 안에 어색한 침묵이 내려앉았다. 신호가 바뀌었고,

다소 안도한 기분으로 겐야는 차를 출발시켰다. 희미하게나마 들려오는 주행음이 고마웠다.

"그나저나, 어떤 친구였어?"

느긋한 투로 같은 화제가 되풀이되기에 내심 아연실색했다.

"세키 씨는 지금 그게 궁금하세요?"

"아니 왜, 명복을 비는 가장 좋은 방법은 고인 이야길 하는 거라잖아. 일하느라 안도 군이 봉안식을 못 갔으니, 적어도 이야길 하면서 명복을 빌자는 거지."

"앗, 그렇구나……. 저도 듣고 싶네요. 어떤 친구분이셨어요?"

어떤 친구?

겐겐, 하고 귓속에 자신을 부르는 목소리가 울렸다. 무성히 우거진 풀바다를 한 줄기 바람이 스쳐 지나는, 그 잎사귀 스치는 소리처럼 가벼운 음색으로.

아르바이트가 없는 날에도 자질구레한 용무가 끊이질 않아, 마침내 오후가 통째로 비게 된 건 봉안식으로부터 열흘이 지난 화요일이었다. 겐야는 가족 차 내비게이션에 친구가 있는 공원묘지 주소를 입력했다. 주변 지도로 보아 역에서 좀 떨어진 외진 곳에 자리한 모양이었다.

가는 도중 마트에 들러 꽃다발 두 개와 그녀가 좋아할 법한 트로피컬한 느낌의 아이스티를 샀다. 차로 돌아와 퍼뜩 선향과 라이터를 깜빡한 걸 깨닫고, 부랴부랴 그것들도 추가로 구입했다.

조수석에 놓은 꽃다발에서 푸릇푸릇하고 싱싱한 향기가 났다. 흰 백합이 든 걸 고른 이유는 막연히 친구와 닮았다는 생각을 했기 때문이다. 선이 가늘어선지, 처음 보았을 때는 얌전하고 소극적이란 인상을 받았다. 그런데 친해지고 보니 그녀는 오히려 자유분방하고 대담했다. 결코 조그만 꽃은 아니었다. 선명한 색채에 향이 짙은, 어디 피어 있는지 멀리서도 금방 알 수 있는 꽃이 그녀 이미지에 가까웠다.

그런 그녀가 실제로 어떤 꽃을 좋아했는지, 겐야는 모른다. 알 기회가 없었다. 그녀를 생각하며 꽃을 고르는 날이 올 줄은 상상도 하지 못했다.

널찍한 공원묘지 주차장에 다른 차는 없었다. 무덤 위치는 봉안식에 참석한 친구에게 대강 물어봐 두었다. 중간에 수돗가에서 나무통과 국자를 빌렸다. 통에 물을 받고 공원묘지 맨 안쪽에서 셋째 줄, 오른쪽 구획으로 향했다. 그때, 죽 늘어선 묘석들 한복판에서 사람의 모습을 발견했다. 크림색 반소매 셔츠에 회색 플리츠스커트를 받쳐 입은, 여자애였다. 한 손에 묵직한 학생용 가방을 들었고, 색이 짙은 흑발을 뒤통수에 질끈 동여맸다.

친구에게서 들은 위치는 딱 여자애가 서 있는 부근이었다. 겐야는 가까이 다가가길 망설였다. 여자애는 강한 눈빛으로 묘석을 쳐다보며 소리 없이 울고 있었다.

우는 얼굴을 쳐다보고 있기도 뭣해, 겐야는 조금 떨어진 위치에서 고개를 돌린 채 여자애의 성묘가 끝나길 기다렸다. 5분쯤 지나 여자애는 제 팔로 눈물을 닦더니, 묘석을 만지며 무언가 말을 건네곤 그 자리를 떴다. 그리고 이쪽으로 걸어왔다. 겐야와 눈이 마주쳤고, 여자애는 발걸음을 멈추었다.

"아…… 안녕하세요."

"안녕."

눈가가 붉어진 여자애는 역시나 친구의—히노하라 가야노의—딸이었다. 이름은 나오였을 것이다. 올해 봄부터 고등학교에 들어간 거 아니었나.

"죄송해요, 엄마…… 친구분이시죠?"

나오는 눈을 잘게 깜빡이며 자신 없는 듯 말했다. 장례식 때 인사는 했지만 이름이 기억나지 않는 것이리라. 그렇게나 많은 어른들이 한꺼번에 말을 걸어왔으니 무리도 아니겠다고 겐야는 생각했다.

"안도야. 봉안식 때 못 가서, 이번에 가야—오하시 씨한테 인사하러 왔어."

"아, 감사합니다……. 분명 기뻐할 거예요."

나오는 길을 터주며 손바닥으로 엄마가 있는 무덤을 가리켰다. 겐야는 고개인사를 하고 나오의 옆을 지나쳐 갔다.

겐야와 같은 도장에서 수련하던 학창시절, 친구의 이름은 히노하라 가야노였지만 결혼한 뒤로 오하시 가야노가 되었다. 오하시 가야노란 이름은 아무리 보고 들어도 잘 와닿지 않았다.

그래서 '오하시가家의 묘'라고 새겨진 묘석 앞에서 겐야가 느낀 건, 모르는 사람 집 앞에 서 있는 듯한 막연한 긴장감이었다. 무덤은 고인과 마주하기보다도 고인이 속해 있던 집과 마주하는 곳이구나, 실감했다. 묘지墓誌에는 가야노를 포함한 네 사람분의 계명戒名이 새겨져 있었다.

들판에 쌓아 올린 흙무더기 같은 무덤이었더라면, 살아 있을 적 그녀에게 하듯 가야농, 하고 불러볼 수도 있었을지 모르겠군. 겐야는 쓴웃음을 지으며 가볍게 합장하고,

우선은 화병에 시들어 있던 꽃을 버렸다. 안에 든 물을 갈아 가지고 온 새 꽃을 올렸다. 봉안식 전에 청소가 되었는지 묘석 자체에 눈에 띄는 얼룩은 없었다. 주위에 자라난 풀을 뜯고, 새로 길은 물을 묘석에 끼얹었다. 가지고 온 아이스티를 상석 위에 올려놓고, 마지막으로 불붙인 선향을 향로에 넣었다. 가야노에게 전해지길, 하는 마음으로 두 손을 맞대고 눈을 감았다.

—늦게 와서 미안. 근데 말이야, 없어졌단 느낌이 안 들어. 원래도 맨날 봐온 게 아니고 가끔 만나 밥 먹는 식으로 지내왔으니까. 눈앞에는 없지만, 지금도 계속 어딘가에 살아 있을 것만 같아.

조문을 다녀오는 길, 겐야는 넷이 친구인 모리사키 아오코, 하나다 다쿠마와 함께 해안가 호텔에서 하룻밤 묵으며 가야노를 그리는 술자리를 가졌다. 맥주잔을 하나 더 준비해놓고, 세 명이서 꽤 많은 양을 마셨다.

와인 두 병이 바닥난 깊은 밤, 가야노와 특히 더 깊은 교류를 가져온 아오코는 불쑥 말했다. 가야노의 단편이 지금도 내 안에 남아 있는 기분이 들어, 라고. 아오코는 일찍이 떠나보낸 딸아이에 대해서도 비슷한 말을 했었다. 아마도, 없어진 사람을 제 안에 거두어들였다 여김으로써 안심감을 찾는 사람이리라.

아오코를 친구로서 존중하면서도, 죽은 이와 함께 살아가고자 하는 그녀의 감각은 겐야로선 잘 이해되지 않았다. 겐야에게 타인은 어디까지나 이물異物이었다. 아무리 애정이 깊어도 같은 육체 안에 공존하기란 불가능했다. 공존한다면 그건 이미 환상이지 않을까 생각했다. 아오코의 딸 이야기를 처음 들었을 땐 아이를 잃은 부모는 역시 혼란스러운 법이구나, 하는 냉담한 감상이 들곤 했다.

그런데 술자리를 끝내고 제 방으로 돌아와 술도 깰 겸 베란다에서 밤바다를 바라보고 있었을 때, 겐야는 불현듯 아오코가 고집하는 것의 대략적인 윤곽을 파악한 기분이 들었다.

가야노는 이제 없는데, 없어졌단 느낌이 들지 않는다. 그건 그녀가 이름을 불러주고, 받아들여 주던 감각이 줄곧 이어져 오고 있어서다.

그렇다면 구태여 없어졌다, 라고 정직하게 생각할 필요는 없는 것 아닐까.

밤바다는 빨려 들어가리만치 캄캄했다. 하지만 그날은 별이 잘 보였다. 소담히 부푼 달도. 별에서 뿜어져 나온 빛이 지구에 닿기까지는 시간이 걸린다. 우리가 보고 있는 것은 과거에 발한 빛이며, 눈에 비치는 모든 별이 지금 이 순간에 존재한다고는 할 수 없다. 친구는 존재한다. 사라지고서도 여전히, 빛을 전해주고 있다. 그곳에 존재하는 별도, 존재하지 않는 별도, 빛나고 있다는 의미에선 다를 바 없다.

—나는 그런 불투명한 은하에서 살기로 했어. 그러니까, 그쪽이 싫증 나면 술자리에 또 놀러 와줘. 가야농 자리는 평생 비워둘 테니.

눈을 뜨고, 모은 두 손을 떼었다. 올렸던 아이스티를 도로 거두고 무덤 앞을 떠났다.

아까 지나쳐 간 곳과 같은 위치에, 나오는 여전히 서 있었다.

그러고 보면 역에서 제법 떨어져 있는데 여길 어떻게 온 거지. 교복 차림인 걸 보면 하굣길에 들른 건가. 오후 세 시인데, 하굣길?

"나오는…… 여기 혼자 왔어? 역에서 먼데, 안 힘들었어?"

하굣길이라기엔 시간이 좀 이르지 않나. 오후 수업을 빼먹은 건가? 이럴 때 학원에서 일하는 아오코라면 상황을 짐작할 수 있었을 텐데, 겐야는 이미 고등학생의 일반적인 하교 시간을 모르게 된 지 오래였다. 나오는 입을 약간 삐죽거리며 팔을 흐늘흐늘 흔들었다.

"그게…… 오늘은 아빠한테도, 할머니 할아버지한테도, 아무한테도 말 안 하고 혼자 왔어요. 역에선 택시를 탔고요. 택시, 혼자 처음 타봤어요. 엄청 긴장되더라고요."

"……왜 그랬어?"

나오의 말이 통 이해되지 않아 곤혹스러워하며 물었다. 나오는 말하기 어려운 듯, 그러나 말하고 싶다는 듯 입술을 실룩댔다.

"아빠도, 할머니 할아버지도, 데려다줄 테니까 보고 싶음 말하래요. 근데 엄마랑은 지금껏 늘 일대일로 얘기했었는데, 이제부턴 누구랑 같이 있지 않으면 못 만난다는 게 좀 이상해서……. 혼자 만나고 싶었거든요……. 돈이 드니 맨날 그러긴 어렵겠지만, 여차하면 혼자서도 올 수 있다는 걸 확인해서 다행이에요."

"그렇구나……."

고등학생은 자유롭지 못하구나. 겐야는 정신이 번쩍 드는 기분으로 생각했다. 10대 중반이면 행동이 이렇게나 제한되던가. 원래 그랬나? 생각이 나지 않았다.

"응, 나오가 따로 만나러 와줘서 오하시 씨도 분명 기쁠 거야."

이것 말고 해줄 수 있는 말이 뭐가 있었을까. 그러나 나오의 얼굴에는 얼떨결에 딱딱한 것이라도 씹은 듯한, 당혹스러움이 비껴갔다.

"글쎄요…… 기쁠 거라…… 기뻐할까요? 엄마는 절 자주 혼냈어요."

"그래? 의외네. 오하시 씨, 그다지 화내는 이미지가 아니었거든."

"엄마는 아프니까 부담을 주면 안 되는데, 제가…… 맨날 덜렁거리고, 버릇없는 소리만 해서 화나게 만들었어요. 엄마는 절…… 좋아하지 않았을 거예요. 그래서 제가 만나러 왔다고 기뻐할지는……."

"자, 잠깐만…… 일단 좀 앉자. 앉아서 차분하게 얘기하자."

겐야는 나오를 수돗가 옆 벤치로 데려갔다. 보아하니 나오는, 자신이 상상할 수 없는 깊은 혼란 속에 빠져 있는 듯했다. 나오는 조용히 뒤따라와 겐야 옆에 앉았다.

"오하시 씨는, 나오가 지망한 학교에 합격했을 때 되게 기뻐했어. 기특하다고, 고생했다고 많이 칭찬했고. 내가 본 느낌으론, 나오를 무척 아끼고 있는 듯했어."

"……왜지? 합격한 데는 3지망 학교예요. 엄마는 저보다 훨씬 더 입시에 열심이었고요. 저랑 잘 맞는 학교를 같이 찾아준다기보다, 무조건 성적이 제일 높은 곳, 유명한 곳으로 가란 느낌으로요……. 엄마는 뭐든 잘하는 사람이었어요. 학생 때부터 뛰어났다고, 친척들 모두가 입을 모아 말해요. 병과 싸워가며 씩씩하게 일하고, 집안일까지 하고. 죽고 나서도 다들 엄마를 칭찬해요. 너희 엄마는 대단했다면서요. 그게 절 위한 말이란 것도 알아요. 대단하고 자랑스러운 엄마죠. 근데, 그래서……."

나오는 말을 끊더니, 겐야에게서 눈을 돌려 공원묘지에 늘어선 묘석으로 아련한 시선을 보냈다. 조그만 입술로 짓이긴 말은 결코 행복한 것이 아니었을 터다. 친구와 딸 사이에 이토록 심각한 단절이 있었는 줄은 꿈에도 몰랐다. 충격을 받은 겐야는 저도 모르게 한 손으로 입을 가렸다.

나는 마음 한구석에서 줄곧 '가야농은 뛰어나니까, 잘났으니까 결국 괜찮을 거다, 나보다는 낫다'라며 그녀가 내뱉는 고민을 낮잡아 보고, 흘려들어 온 것 아닐까.

"……미안. 난 오하시 씨랑 오랜 시간 함께해온 어른 중 한 사람이야. 오하시 씨랑 대화를 나누거나, 무슨 문제가 있다면 같이 해결 방법을 찾아볼 수 있었던 입장이지. 근데,

오하시 씨한테 힘든 일이 있을 거란 생각을 크게 해본 적이 없었어. 나오가 힘든 건 나한테도 책임이 있어. 미안해."

눈을 동그랗게 뜬 나오는 입을 다물었다. 별안간 스물 몇 살이나 많은 어른에게 사과를 받아 징그럽게 느껴질 터였다. 미안한 기분으로 겐야는 말을 이었다.

"근데 오하시 씨가…… 언제였더라…… 꽤 오래전에 뭔가 무리를 하는 중이다, 애한테도 부담을 주고 있다, 삶의 방식을 바꾸고 싶다고 했던 건 기억 나. 근데 만족할 만한 모습으로 삶을 재정비하기도 전에 재발이 돼서, 그래서 아예 과부하가 온 게 아니었을까. 가야노…… 아니, 오하시 씨의……."

"가야노라고 부르셔도 돼요."

"미안. 그러니까 아무튼…… 가, 가야노가 나오 이야길 하면서 언짢은 표정을 지은 적은 단 한 번도 없어. 나오를 모질게 대한 것도 네가 건방지다든가 뛰어나지 않아서라든가, 그런, 그런 바보 같은 이유는 절대 아니고! 어른들끼리 해결해야 할 문제가 잘 해결되지 않아서 너한테 닥쳐온 것뿐이야. 나나 가야노한테 화를 내줘. 어른이 잘못한 거니까."

나오는 흡사 밀어닥친 말들을 조금씩 해석해가듯 천천

히, 천천히 눈을 깜빡이다 입을 떼었다.

"그럼 엄마는, 절 미워하지……."

"미워하지 않아. 절대 미워하지 않아. 학창 시절부터 알고 지내온 내가 단언할게. 믿어줘."

"그렇구나…… 그랬구나……."

공기가 새듯 끄으으, 하고 날카롭게 울리는 소리가 순간 어디에서 나는 건지 몰랐다. 목구멍으로 기묘한 소리를 낸 나오는 몸을 웅크리더니, 체내에 울적鬱積한 흙모래를 토해내듯 울음을 터뜨렸다.

우는 모습을 보니 목이 아플 것 같아, 중간에 겐야는 상석에서 거둔 아이스티를 나오에게 내밀었다.

"죄, 죄송해요."

"아냐, 괜찮으니까 천천히 가라앉혀."

"네."

살이 얇은 목을 움찔거리며, 나오는 트로피컬한 아이스티를 한 모금 마셨다. 그러더니 대뜸 웃음을 터뜨렸다.

"으하하하하…… 엄마가 자주 마시던, 향은 엄청 단데 하나도 안 단 사기 같은 차다! 제가 진짜 싫어하는 거! 신기하다, 어떻게 이렇게 딱. 다신 안 마시려 했는데."

"어, 정말? ……다른 거 사 올까?"

"아뇨! 이게 좋아요. 그때 생각 난다. 죄송해요, 감사합니다."

나오의 등이 들썩대는 게 울고 있어선지 웃고 있어선지 모르겠다. 겐야는 벤치 등받이에 몸을 기대고, 옅은 색을 띤 하늘을 올려다보았다. 머지않아 장마가 시작될 것이다. 하루하루가 엄청난 속도로 흘러간다. 그녀가 웃던 봄이 멀어져 간다.

돌아갈 택시비가 아까울 테니 겐야는 나오를 역까지 바래다주기로 했다. 역 앞 로터리에서 나오를 내려주고, 헤어질 때 말했다.

"학교에서든, 집에서든, 어른이 되고서든, 무슨 힘든 일 있거나 도움이 필요하면 말해. 나오 마음이 어떻게 하면 편해질지 같이 생각해볼게. 내가 할 수 있는 건 내가, 내가 못하는 거여도 나보다…… 나랑은 다른 스타일로 살아온 어른이 두 명 더 있거든. 분명 누군가는 도움이 될 거야. 주저 말고 뭐든 얘기해."

그렇게 전하고, 영수증 뒤에 적은 전화번호와 메신저 앱 ID를 건넸다. 나오는 휘갈겨 쓴 글씨를 진지한 얼굴로 바라보았다.

"안도 삼촌, 엄마가 저랑 약속해놓고 지키지도 않은 게 엄청 많거든요? 동생 안 낳아준 대신 초등학교 가면 고양이 키우게 해주겠단 거나, 제 결혼식을 보기 전까진 죽지 않겠단 거나. 못 지킬 약속만 한 거 보면 아무래도 못된 어른이 맞았나 봐요. 근데 딱 하나, 진짜로 이뤄졌네요."

의미를 알 수 없어 겐야는 고개를 갸웃했다. 나오는 입꼬리를 천천히 끌어 올렸다.

"네가 혼자가 되는 일은 평생토록 없을 거라고. 몇 번이나, 다짐하듯 말했었어요. 엄마가 한 말이 진짜가 되게 해주셔서 감사해요."

쑥스러운 듯 손을 흔들고, 나오는 역구내로 사라져갔다.

겐야는 스마트폰을 꺼냈다. 평소 연락할 때 쓰는 메신저 앱을 실행했다. 조금 전까지 세 사람분의 읽음 표시가 뜬 대화방에, 무언갈 입력하기 위해 엄지손가락을 놀렸다. 나오를 만났어, 라고 할까. 가야농 무덤을 청소하고 왔어, 라고 할까. 시답잖은, 딱히 말할 필요도 없는 일을 그들에게 알리고 싶었다.

그때, 겐야가 입력하기도 전에 쓱 하고 새 메시지가 떴다. 발신자는 하나다 다쿠마였다.

[우리 집 앞에 말벌이 있어! 이거 가까이 가면 쏘이려나?]

호들갑스럽게 우는 이모티콘까지 딸려 있었다. 어지간

히도 허둥대며 찍은 모양인지, 초점 나간 현관 사진이 뒤이어 업로드되었다. 그걸 본 모리사키 아오코가 '안전제일'이라 적힌 깃발을 흔드는, 공사장 헬멧을 쓴 토끼 이모티콘을 보내왔다. 반응해주기 귀찮아 대충 답장한 것이리라. 하는 수 없이 겐야는 다쿠마에게서 온 사진을 확대했다. 흔들렸을 뿐 아니라 화면이 너무 어두워 별이 어디 있는지도 모르겠다.

[하나도 안 보여.]

짤막하게 받아쳤다. 히히, 하고 목 안이 웃음으로 떨렸다.

✶ 옮긴이의 말 ✶

상실의 조각을 지닌 이들은 새로운 별에 불시착한다. 대기도 중력도 다른 그 별은 지금껏 있어온 지구와는 너무도 동떨어진 곳이라, 몸의 중심을 가누지 못하고 땅으로 고꾸라지게 만든다. 어둠이 눈에 익숙해질 때까지 그들은 맨바닥에 엎드려 적막한 시간을 견딘다. 그러는 동안 예측할 수 없는 날씨가 반복된다. 비바람이 치다가, 몸을 녹일 듯한 해가 떠오르다가, 다시금 뼛속까지 얼어붙는 추위가 이어진다. 두 번 다시 일어나지 않을 것처럼 눈과 귀를 막고 몸을 둥글게 만 그들은 어디선가 들려오는 숨소리에 천천히 고개를 든다. 그제야 낯선 별에 추락한 생명체가 저 혼자만은 아님을 깨닫는다. 그 어떤 채찍질에도 몸을 숨기기에만 급급하던 그들은 아주 작고 여린 타인의 숨소리, 저와 닮은 시련과 고통을 끌어안은 한 숨에 또 한 번 살아갈 결심을 한다.

인생을 살아가면서 꼭 한 번쯤 겪게 되는 강렬한 체험. 그 체험으로 인해 새로 눈 뜬 오늘이 어제와는 사뭇 다른 모습으로 탈바꿈하는 감각을 『새로운 별』의 작가 아야세 마루는 '새로운 별에 떨구어졌다'고 표현한다. '새로운 별'은 지극히 평범한 일상에도 닥쳐올 수 있는 부조리한 변화의 상징이며, 이 소설은 그 까마득한 별에 휩쓸리면서도 있는 힘을 다해 매달리는 네 주인공, 나아가서는 우리 모두를 그린 이야기이다.

아오코는 죽은 아기를 떠올리며 "잃어버렸다, 커다란 것을 도려냈다"(12쪽)고 되뇐다. 끊임없이 아기를 그리는 아오코의 상처는 영영 아물지 못할 것처럼 느껴진다. 그런데 어느 순간 믿을 수 없는 생각의 연계가 펼쳐진다. 크나큰 상실을 거듭 복기하던 아오코가 아기와 함께했던 찰나의 시간을 새기며 "그렇다면 나는, 잃은 게 아니라 얻은 것 아닐까"(12쪽)라는 결론을 내린 것이다. 잃고 얻음의 인식이 전복되며 아오코의 인생에 가만한 변화가 생겨난다. 이는 '소중한 존재의 상실'이라는 이름의 새로운 별에 떨어져, 감당하기 힘든 낯선 중력에 괴로워하던 아오코가 자기만의 중력을 되찾은 순간이기도 하다.

학창 시절 친구였다 서른을 넘겨 재회한 네 사람은 "저마다 끌어안은 문제를, 불합리함을, 불안을 다른 사람과 나누며 견뎌낸다"(74쪽). 네 사람이 긴 시간을 거쳐 다시 만나게 된 데에는 필연적인 타이밍이 있다. 작가의 표현을 빌리자면 30대는 삶의 윤곽이 드러나는 시기, 즉 인생이란 우주를 유영하는 방법이 제각기 달라지는 시기라 저마다의 시선에서 서로를 살피는 일이 가능해진다고 한다. 아오코와 가야노, 겐야와 다쿠마의 삶 역시 불균일한 형태를 띠고 있다. 완전한 성인이 된 지금, 좀처럼 포개어지지 않을 것 같은 각자의 삶은 생각지도 못한 방식으로 연결되고, 그 과정에서 네 사람은 살아갈 엔진과 연료를 얻는다. 이 소설을 이루는 기본 입자는 바로 이런 것이다. 삶의 모양이 다르더라도, 도리어 그 모양이 다르기에 서로를 구해낼 수 있으리란 믿음.

"긴 인생에서, 예기치 못한 새로운 별에 한 번도 떨구어지지 않는 사람은 없으리라. 나는 그걸 부끄러워하며 감추기보다 도와달라고 말하고 싶고, 혼자 끌어안지 않고 밖으로 내뱉는 사람이 되고 싶다. 누군가 병이 들더라도 그 정황을 공유해, 장례식장에서 '너는 멋진 사람이었다'고 말해줄 수 있는 것만으로도 곁에 함께했던 의미가 있다고 생각한다. 단연코 그 누구도 가엾지 않다는 것. 그것이 내가 가장 하고팠던 말인지도 모른다."

작가의 말처럼, 삶을 살아가는 사람이라면 누구든 크고 작은 상실을 경험하게 된다. 가뿐히 털어버릴 수 있는 상실이 있는가 하면, 어떤 상실은 우리를 완전히 무너뜨려 다시는 호흡할 수 없게 만들기도 한다. 하지만 기억해야 할 것은, 삶이 거대한 퍼즐과 같다는 사실이다. 그 안에서 상실은 퍼즐을 이루는 작은 조각 하나에 불과하다. 퍼즐 조각 하나를 잃어버려 퍼즐을 완성할 수 없다고 상상해보자. 당장은 잃어버린 조각을 찾느라 시간을 허비하며 애달파할 것이다. 그러나 시간이 흘러 마음속에 남는 것은 잃어버린 퍼즐 조각이 아니라 완성하지 못한 퍼즐의 빈 곳이다.

이미 잃어버린 조각은 찾을 수 없지만 그렇다고 퍼즐을 완성하지 못하리란 법은 없다. 빈 곳을 메우는 방법은 무한하다. 원하는 그림을 그려 넣거나 좋아하는 색을 칠하거나, 혹은 잃어버린 조각과 비슷한 모양의 물체를 새로 만들 수도 있을 것이다. 무수한 방법 중에서, 소설 속 인물들은 기꺼이 자신의 조각을 떼어 서로의 빈 곳을 채워주는 길을 택한다. 각자가 지닌 위로의 방식으로 서로를 완성시킨다.

상실은 우리의 전부가 아닌 일부일 뿐이라고 작가는 말한다. "어떤 때건 삶은 계속되지, 반드시"(37쪽)라는 가야노의 말대로 우리가 무언가를 잃거나 얻는 순간에도 해와 달이 뜨고 지고, 지구는 돌고, 우주에서는 폭발과 탄생이 되풀이된다. 멈추는 법 없는 우주를 무사히 유영하기 위해서는 각자의 빈 곳을 돌보는 마음이 필요하지 않을까. 생김새도 질감도 제각각인 조각들이 서로의 빈 곳을 메우는 위로가 될 때, 비로소 새로운 별에는 "부드러운 물색빛"(42쪽)이 새어들 것이다. 여전히 우리를 불안하고 휘청이게 만들지만 지구에서는 볼 수 없는 황홀한 풍경을 선물해줄 것이다. 비록 그곳이 "불투명한 은하"(261쪽)일지라도.

2022년 끝 달

박우주

새로운 별

초판 1쇄 발행 2022년 12월 16일

지은이 아야세 마루
옮긴이 박우주
펴낸이 서재필
책임편집 김현서

펴낸곳 마인드빌딩
출판등록 2018년 1월 11일 제395-2018-000009호
전화 02)3153-1330
이메일 mindbuilders@naver.com

달로와는 마인드빌딩의 문학 브랜드입니다.

ISBN 979-11-90015-98-1 (03830)

- 책값은 뒤표지에 있습니다.
- 잘못된 책은 구입하신 곳에서 바꿔드립니다.